幸せな方を
選んだら
美味しかった

ちゅちゅちゅ
CHUCHUCHU

命短し、好きなもの食べなよ人類

この世、絶望するにはちょっと飯が**美味**すぎて困る

空腹より満腹の方が、他人に優しくできるみたいな研究結果、たぶんいや絶対どっかで出てると思うので、とりあえずみなさん満腹を目指しましょう。では言い出しっぺの私から

「私は何も頑張れてない」と思っちゃうときこそ、
美味しいものを思いっきり食べるのです

イエベとかブルベとか知らんけど、うちの料理はだいたいブラウンベースや

人間と違って、食べ物はだいたい幸せな気持ちにしてくれるし裏切ったり嫌な事を言ってきたり精神を削ったりしてこないのでオススメです

幸せとは、待つものでも奪うものでもなく作るものです

はじめに

「私、今年中に料理の本出したい！」

誰もいないタコス屋で、恥ずかしげもなく言う。誰もいないから言ったのではなく、このお店はいつも誰もいないのだ。

「なんかさ、所謂レシピ本じゃなくてね、エッセイとか漫画とかレシピとか色々ごちゃ混ぜにしたZINEみたいなやつ！」

あいかわらずお酒が濃すぎる。でも酔ってはいない。私といえばいつもこうで、やりたい事や夢がどんどん出てきて、それをどんどん人に言う。言霊って本当にあると思っていて、「言ったらだいたい叶うよ！」と人に言ったりするけどよくよく考えたら、言ってる事が毎回コロコロ変わりすぎて、叶わなかったものを覚えていないだけなのかも。

「すごいよ。あなたが言うと出来る気がしてくる」
「私もそう思う」

私は言葉が好きで、料理が好きで、食べる事に最上級の幸せを感じる。イェーイもちろんみんなもそうだよね⁇　そんなノリで始めたＳＮＳ。たくさんの人が見てくれて、ほれ見た事か。と調子にのり冒頭の発言である。

私の料理は簡単すぎず難しすぎない。料理は趣味だから簡単すぎたら物足りないし、難しすぎても嫌になる。レンジだけ、とか時短、とかそういうお手軽さとは無縁だ。

それから、皿だって3枚くらいを使い回していて、基本一汁一菜だ。だって、何を隠そう一口コンロですから。料理器具も「どこの使ってますか？」と聞かれても「あの、通販サイトで検索して上の方に出てきました。そう、その安いやつ！」としか答えられないほど、こだわりがない。

でも、それでもいいじゃないですか。洗練されたオシャレさより「こんなん絶対美味しいやん」という料理を作りたいし、みんなにも「なーんだ。そんなんでいいんだ」と思ってほしい。

自炊にはもっと自由さがあってもいいのに、といつも思っていて、「趣味だから！」を盾にみんなもっと好き放題食べたり作ったりしたらいいじゃん。そうずっと考えていた。


肩肘張らない料理の人、みたいな本にしようかな〜。なんて、妄想で構成を考える。

相変わらず店主は無口で、黙って追加のお酒を出してくれる。やっぱり濃いよ。薄めでいいって言ったのに。京都のぶぶ漬けみたいな事？

でもかかっている音楽はかっこいいし、料理もこだわりを感じられて美味しい。

実は真似して家で作ったもんね。

「（私が本を出した暁にはこのお店の事、書くからね〜）」

なんて心の中で思いながら帰路につく。３杯しか飲んでないのにこんなにベロベロなのおかしくない？　サービス良すぎるよ。

朝起きて昨日の事を思い出す。ちょっと（ちょっと？）調子にのって話しすぎたな。バカみたいと思われてたら恥ずかしいかも。と一瞬、反省する。

温かいお味噌汁を作り「やっぱ飲んだ次の日には濃いめのお味噌汁だな～」なんて言って笑う。

「本を出しませんか？」

そう連絡をもらったのは、この日から1ヶ月もしない、なんでもない日だった。

もくじ

第2章

今日、お肉にしよっか

第3章
美味しくて無敵で

第4章
いっぱい食べて偉いね

第1章

一口コンロの城

「女性だったんですね」とDMがきた。え、そこから？

「実態をあまり出されないので」私のXを見返してみると、確かに。食の画像と思想のみが淡々と垂れ流されている。

少し考えてみて、ちょっとだけ恥ずかしい。自己紹介として、特技が料理です！　と声高らかに言うにはあまりにも、なんというか。だって、冷蔵庫が背の半分くらい、一口コンロに、お皿も全然持っていない。料理が好きだけど、気分でよくサボる。でも、たしかに私は料理が好き。私の料理ってクリエイティブで自由で豪快で最高。自分大好きって思えちゃう。そうなれたのっていつからだっけ？

SNSでは話さない私自身の話。

ちゅちゅちゅ

自己紹介って難しい。というかあまり、得意じゃないかも。

人生のほとんどを匿名性の高いネット上で過ごしてきた私は、何者にもなってきた。年齢や職業、住まいから人生そのもの、果ては性別まで。

誰かに害を与えなければ、本当の自分を見せる必要はないと思い、生きてきた。

みんなにも思っている。全部本当な必要はないよ。と。見せたい私だけを並べたら良いじゃん。

長々と自己を正当化するために話してみたけれど、要するに、小っ恥ずかしい。

私は女で、30代前半で、それからただの食いしん坊です。

小さい頃は、本をたくさん読む子供で、国語の成績だけが、飛び抜けてよかった。両親が大きな本棚に本をたくさん詰め込んでくれていたおかげだろう。

私が小さい頃からどれだけの食いしん坊かは、この本を読み進めてもらえば、嫌というほど知る事になると思うけれど、昼ご飯を食べた後すぐに「今日の夜ご飯なに？」と母に聞き、よく嫌がられていた。と言えばわかりやすいかもしれない。


私はとにかく一般社会に馴染めないタイプの人間だ。集団行動が苦手（というかできない）で、その事には中学生になりすぐに気づいた。

それで生き辛かったかと言われると、私の両親は幸いにも、嫌な事を強制的にやらせるタイプではなく、「全ては自己責任」という放任主義だったため、例えば「学校に行きたくなければ休みな。ただし後から困るのは、あなたですよ」という教育方針。（これは私の解釈で、両親はそれはそれは私の扱いに困っていたかも……）

周りから話が通じないという意味をこめて「宇宙人」と言われる事もあったけど、仕方ない部分があると言い訳させてほしい。うちの家族はみんな1人残らず変人で、逆に「私って個性がない……」と悩んでいた事もあるくらいなので、いくら変人と言われても「(いやいや、私なんてそんな……)」と謙遜したくなるほどだった。

世間に出てから、一般的な大人を見るようになり、「(私に個性がないわけじゃなく、私の家族が相当変人なだけだったわ……)」と変なコンプレックスの解消の仕方をした。

人とコミュニケーションをとるのが苦手で、自分の世界にこもるのが好きな私にとって、1人で完結でき、自己表現ができる料理を好きになる事は、必然といえば必然だったのかもしれない。料理は誰でもお手軽に完成させられるクリエイティブ作品だと思う。個性も出しやすく、決まった型もなく、出来上がれば達成感も得られ、ほめられたりけなされたり……。

そうだ、自己紹介なんだった。だいたい自己紹介をしなければいけない場面で、何を言っていいかわからず、聞かれてもない事をペラペラと話し、場をシーンとさせる、しゃべるタイプのコミュ障な30代前半の食いしん坊な女が私です。

岡崎京子さん

岡崎京子さんの作品と出会ったのは20歳の頃だった。

当時の私は、とにかく年齢とそれ以外の全ての部分が若く未熟なのに、自分は魅力的な大人の女だと、信じて疑わなかった。

「もうおばさんだから(笑)」と思ってもいない大口を叩きながら、自分の若さを糧に生きていた気がする。

当時、一回り以上年上の人と付き合いはじめた。

「付き合いましょう」「はいわかりました」というやりとりはなかったものの、多くの時間を一緒に過ごした。

一緒に過ごして初めての誕生日、私はワクワクしていた。どんな誕生日プレゼントをもらえるのだろうと。

その前に付き合った人は誕生日にブランド物の財布をくれた。自分が何が得意で、どんな事ができて、人に何を与えられるかなんて考えていないどころか、ちっとも見つけられていなかった私は、そういう目に見えるところでしか自分の価値を測れていなかったみたい。

高価な物をプレゼントをされるという事は愛されてるって事、だよね？　くらいの感覚だった。

そして、誕生日当日にもらったものは、なんと漫画だった。頭の中は大パニック。なんで？　ばかりが頭に浮かぶ。「(私ってその程度なの……?)」とか「(もしかして、テキトーに扱われてる?)」とか、とにかく正直ショックだった。そこで彼は言った。

「これ、岡崎京子っていう人が描いてる漫画。すごい人なんだよ。読んで感想ちょうだい」と。

表紙にはオシャレな女の子。それと『ｐｉｎｋ』の文字。

ショックを確かに受けながらも自分の思いを言葉にして伝える事もろくにできない私は、とりあえず「ありがとう」と笑顔を作り、カバンにしまった。

いや、あの時自分の思いの伝え方を知らなくてよかったと、今になって心底思う。

中途半端に自己主張ができていて、「なんで誕生日プレゼントに漫画なんだ！ふざけるな！」と中身も見ずに突き返していたら、今の私は生まれなかっただろう。

家に帰り、モヤモヤしながらも思い直す。

もしかしたら「お前の事を超絶愛してる」的なメッセージのこもった漫画で、私への愛を伝えるために贈った、不器用だけどロマンチックなプレゼントなのかもしれない、と。

ページを開いてみる。

絵がオシャレだなあ。レトロだけど古いわけじゃない。かわいいかも。と読み進める。

読み進めれば読み進めるほど、自分の信じる〝いい女〟像の浅はかさや、弱さを嫌というほど痛感させられた。

さらに読み進めると、その浅はかさや弱さは決して欠点になるとは限らない。と思い直す。

〝女の強さ〟とはなんなのか。それから〝愛〟とはなんなのかを考えさせられた。愛とはなんなのか、なんて漠然としすぎていて実際わかるはずがないのだけれど、なんとなくわかった気がしたのだ。今まで、私の世界には存在していなかった人達と出会い、色々教えてもらった気分。

たびたび本を閉じながらため息をつく。自分が恥ずかしくなり、かくれてしまいたくなる。でも、それ以上に純粋で美しい物語にうっとりしていた。

それまで、「誰かに守られるにはどうしたら良いか」を必死に考えていたけれど、私の中の強い女の価値観が変わり、その強い女にどうしてもなりたくなった。

それが、私と岡崎京子さんの作品の出会いで、岡崎京子さんの描く人間を知りたくなり、片っ端から作品を買っては読んだ。

色んな人間の弱さと強さを知りたくなった。人の弱さは魅力的だとも思うようになり、ある意味で人と自分を許す事ができるようになった。

ちょうどあの時、岡崎京子さんの作品に出会えた事が、私にとってすごく意味があり、それからの私の軸として共にしっかり居続けてくれていると思う。

そんな素敵なプレゼントを適切なタイミングでくれた人に、心底感謝している。「お前の事を超絶愛してる」というメッセージだったかはわからないが、私をよく見てくれていて、確かに愛に溢れたプレゼントだと今では痛いほどわかる。

そんな岡崎京子さんに「今回の本にイラストを使わせてもらえないか」とお願

いするのは、大変おこがましく、担当編集さんに提案している時もずっと「私は何を偉っそうな事言ってるんだ（笑）」と思っていた。

解釈違いかもしれないけど『ほしい物は、誰かが差しのべ、与えてくれるのを待つのでなく、自分でつかみに行く』そういう事ができるようになったのも、岡崎さんの作品に出会ってからかもしれない。

とはいえ、今でも実感がわかないでいる。言った私が一番ビックリだ。同時に、より自分にとって良い人生を歩まなくては、と強く思い直した。

私も、人生で出会った大切な人には男女問わず『ｐｉｎｋ』をプレゼントしている。私のマインドが素敵、そうなりたい、と言ってくれる人たちにも一度読んでほしい。私という人間の解像度があがると思います。

そして、あなたが変わりたかったり、今の自分に何となく満足していないタイミングでの、いい出会いを私が提案できていたらいいな。

私がそうしてもらったみたいに。

人生の大事な時に出会い、人生の大事な時々で読み返し大切な事を思い出す。
そんな岡崎京子さんと岡崎京子さんの作品。
いつも私の中にいてくれる、心強い味方です。
岡崎京子さん、本当にありがとうございます。永遠の憧れです。ずっとずっと大好き。

発信を始めた訳

「ちゅちゅちゅ」として発信を始めたのは去年の12月からで、この本を出す頃はちょうど1年記念かな。

発信を始める前の私は、しばらく料理から離れていた。毎日、コンビニ、それからジャンクフードなどのデリバリーサービスばかりだった。それ自体が悪いというわけではなく、「限度というものがあるじゃん……」と言いたくなる食生活。冗談抜きで、月1回体調を崩していた。

なぜ離れていたかと言うと、まさに青天の霹靂。一口コンロの家に住み始めたから。

「一口コンロ？　無理無理～(笑)」と、ある種マウントをとるかのように〝一口コンロ〟というワードを使っていた私が!?

簡単に言えば、まあ恋をしたからです。ある日、転がり込んだお城が一口コンロでした。それもまったく使われておらず、置物のように扱われていた。これから私、どうなっちゃうの～？　と。

お金に余裕があるわけでもない、そして在宅（という名の引きこもり）で体力もなく体調も崩してばかり。毎日似たような物を食べ、代わり映えのない退屈なご飯ライフ。そしてようやくひらめく。

「これ、自炊した方がいいのでは？」と。

本当はもう少し前から気づいていたかもしれない。だけどキッチンが……を言い訳に、思考する事を諦めていた。

最初は「一口コンロでパスタなんてどうやって作るよ?」「同時作業できないってナンボほど時間かかるねん!」「ていうか一口コンロに意識持ってかれてたけど、収納も全然だめ! 冷蔵庫は私の背の半分! オーブンもなし! なにこれ!?」など課題しかなかったのですが、人間は順応するもの。なんとかなってしまうのです。

「収納がなければ皿を買わなきゃいいじゃない」と。

パスタなんて、先にソースを作る→麺を茹でる→ソースを再度温め混ぜる。なーんの問題もなかった。料理に時間がかかるのは確かだけど、まあ好きな事ですから。「一口コンロでこんな料理が出てくるなんて!」と褒められ、自尊心がバグっている私は、弘法筆を選ばずって事ですね～♡　とご満悦。

こういう場合の文章ってだいたい狭いキッチンをどのように工夫して快適に使うか、を伝授すべきかと思うのですが、すみませんぶっちゃけないんです。元からある設備を、想定の通りにしか使ってないし。シンクの端に味噌汁とかを置いてたまにぶちまけちゃったりしてるし。

ほんとなんの参考にもならないと思うのですが、こんな楽観的な私を見て、

「なんか私もイケる気がしてきた」と思ってください。

なんとかなっちゃうんだもんな〜ほんとに。


それから、私は考える。本当に難儀な課題は〝続ける〟事だと。

普通に作るだけじゃ、すぐ飽きる。

今までもそうだった。凝り性と飽き性を併せ持つ性格のため、すごく凝ったものを作るくせに半年以内に燃え尽きる。


「じゃあ、誰かに見てもらっていたら続くかも」


それでＳＮＳに載せてみようかと考えた。

ＳＮＳで情報収集すると、暮らし系アカウントには写真も部屋も料理もオシャレな人ばかり。

それに加え、世間の声は、ダイエットを推奨し「痩せが正義」と言わんばかり。

それ自体は決して悪い事ではないけれど、ちょっと勝手に後ろめたさを感じちゃってる人もいるんじゃないだろうか。

かくいう私も昔は体型を異常に気にする時期があった。

そんな時、私はいつだって「痩せる必要ないじゃん」と誰かに言って欲しかった。

オシャレさも見た目も、あまり自信のない私だからこそ、誰かの心の止まり木になれるかもしれない。

「一汁一菜でもいいじゃない、私なんて一菜のみの日も多いよ！」

「辛い日は好きな物好きなだけ食べちゃいなさい！」

って、そんな事を言えるのは私の特権かも。

大人だって、甘やかされたいって訳です。

私は、料理を褒められて自炊のモチベーションをキープできる。みんなは私の色んな部分を見て気が楽になる。（なってる?）

完全にWin-Winなのです。「マインドが素敵」と褒めてもらう事もあるけど、実際私も誰かに言われたい事を「ちゅちゅちゅ」に言わせてるみたいなところがある。


みんなに、私の拙い生活や料理、発言を見て、

「なーんだ、こんな感じでいいんだ」

と自信を持ってもらえたら本望です。冗談抜きに、本気でそう思います。

料理を始めた日

「料理を作り始めたきっかけってなんですか？」

「いつから料理するようになりましたか？」

と、最近よく聞かれます。


なんて答えようかなあと思っていた時に、今回の本の執筆の話をもらったと電話で母に報告すると、

「お母さんの事なんか面白く書いてよ！　なんでも書いてええよ！」

と言われた。なんでもええんやな？　じゃあ書くからな？　知らんで？　と。


それは私が小学4年生の頃だろうか、母がある日突然喫茶店を始めた。

私たちきょうだいに誕生日やクリスマスなどイベント毎にケーキを作ってくれた。そんな母が作る、ランチやケーキを出すお店。

母は娘の私から見ても美人で明るく、料理も上手で、地元の人が集まり、地元の雑誌にも取り上げられるような人気店になった。

お店ではいつも、父が大好きなビートルズが流れていたのを覚えている。子供ながらに母がオシャレなお店をしている、と嬉しかった。

ただ、母は毎晩遅くまでケーキを焼き、週末はお店の買い出し、と大忙しになった。

私が夏休みに入っても変わらず忙しそうだった。

私から言ったのか、母から言われたのか覚えていないけれど、その夏休みの昼ご飯は私が担当する事になった。

小学４年生って普通１人で料理するのだろうか？　でも当時から食い意地の張っていた私が「自分の好きなものを好きなだけ作って食べられる！」と内心大喜

びしたのは覚えている。

初めて1人で料理を始めた私は、母から直接習ったわけでもないが、なぜかまあまあできた。2歳下の弟は偏食で、野菜が入っていると文句を言ってきたが「じゃあ自分で作るか?」という姉の圧で黙らせていた。

チャーハンと焼きうどん、あとは肉を炒めただけのもの。と、そんなに大したものは作らなかったけど、美味しくできた。母の味に近づけるように、もっと美味しく作れるように、毎日試行錯誤した。上手く行く日ばかりじゃなく、指を切ったり痛い思いもしたけどやめなかった。

母の店でランチをやっているなら、食べに行けばいいじゃない……と思うかもしれないけれど、母は子供の私が行っても正規の料金を支払わせた。小学生の私には大金だ。

「(なんて酷いママなんだ……そんなママこの世にいるのか?)」と恨めしく思った。「腹が減ったなら作りな! ママの子供だからできる!」と言わんばかりのスパルタ教育が料理を始めたきっかけなので、何の参考にもならないだろうな。我が母ながらめちゃくちゃすぎる。

「この話を書いてやろうかな〜」とあの時の恨みを晴らすかの如く言いつつ、でもそのまま書いたら母が酷い人間に見られるかもと迷っていたら……。

「実はあの時な〜、弟は営業時間外に来るからタダで余ったケーキとか食べとったよ。あんたは営業時間内に来るからあかんわ（笑）いつも１００円玉で払って可哀想やな〜と思っとったわ、わははは」

と言うのだ。そんなのその時教えてよ！　なんて酷いママなんだ！

ZINEみたいな

私はこの本をエッセイというより、より自由な「ZINE」みたいにしたかった。

文字だけじゃなく、それぞれの人が面白いと思えるような、それぞれに寄り添える要素をたくさん作れるよう、色々考えた。

それで私は担当編集さんに「漫画も入れたい」と相談したのだ。

食に関してやダイエット、人間関係。センシティブであり、人それぞれに別の正解があるような話題が、SNSでは「これが正論！　みんなそう思ってます！」と言わんばかりに、確定事項として拡散されている。私はそれに危機感を持っているため、エッセイで「私はこう思います！」と言ってしまうより、漫画に描いて、各々に考えを巡らしてもらい、自分で結論を出してもらった方がいいテーマもあると思っている。

私が思う事だって、きっと正しいとは言えない事ばかりだ。でも、思考をこねくり回し、ねちねちと脳内で考えるのは好き。

昨日考えて熱弁しても、今日全然違う意見になっている事もザラにある。

正解もわからないし、そんなものなんてない。意見がコロコロ変わるのって、別におかしくない。

だからこそ、無責任に適当な事をその時の勢いで言うのは良くない。みんなが読んで何を思ったか聞きたいな。

私は、色んな漫画家さんやアーティストさんの作品を摂取して、それを作った人自身の感性や思いを探るのが好き。作者の意図がわかった気になり、ちょっと嬉しくなったり。

そんなふうに、色々な事を考えるきっかけになる漫画になっていたらいいな。

この本は私自身の昔の事から今の事、漫画（フィクション）に乗せた私の思いから、生活の事、写真やレシピまで、私という人間の自己開示を余す事なくしている。全部読んだ時に、ちゅちゅちゅちゅという人間を知った気になってくれたら最高です。友達になりましょう。

贅沢になれたツナマヨ EPISODE 1

作 ちゅちゅちゅ　漫画 23

誰だよ
男は胃袋掴むのが一番とか言ったヤツ
普通に顔の良い女と浮気して何のためらいもなく離れていきましたけど
はぁ?
パチッ
どんなに尽くしたって
そんなの何の安心材料にもならないもんなぁ残酷

ドサッッ
確かに私は私の意志で好きでやってたよ
でもさ、そうだけどさそうだけど違うじゃん
そういうのが重かったんだろうな
いや軽めの愛なんてあってたまるか
私みたいな女他にいないアイツも結局は私が一番だと思い直すだろうな
いつか後悔するよななんて壮大な妄想今でもしちゃってるもん正直

うわっ
水もったいなっ
あー
やめやめ
カレー作ろうと思ったけどやーめためんどくさい!!
久しぶりにアレ作ろっと
ていうか私様は仕事もしてるんだぞ?!
ご飯作るだけで盛大にほめられるべきじゃん
ツナの油切って…

米炊くだけで偉いし
ホカ〜
魚食べて偉いしツナだけど…
ツナ缶
自分の欲求に素直で
偉いし
ツナ缶
食べるラー油
そもそも偉くなかったとしても生きてるだけで
ほめられた〜い

トドメはこの
ハッピー指数爆上がり飲料で
LAGER BEER
Alc.5%
完成～
ツナ缶
めんどくさいからキッチンで食べちゃお
これぞ一人暮らしの特権！
あ゛～～～～
美味しぃ!! コレコレ!! 罪の味!! こういうのよ!!
自分を幸せにする事だけを考えたご飯最高～～～～

あとがき

昔から自暴自棄になりかけた時に「ツナマヨラー油ご飯」をします。もちろん皿に盛る事なんてなく缶のまま。その方がむしろ美味しい気がする。

超しょっぱくて、少しでご飯ガツガツ食べられる。ご飯は美味しいんですよ、どんなに悲しくても。最後に自分を何とかしてあげられるのは自分と、それからご飯だけ！

EPISODE 1

私は今日も、ご飯を食べる。自分で作ったものだったり誰かが作ってくれたものだったり、毎日毎日思い出チャンスは訪れる。夜景の見えるレストランでも、近所の定食屋でも、なんならコンビニご飯でも、同じように記憶に残ってる。絶対に忘れられない素敵な思い出もあれば、ふとした時になんとなく思い出して笑える小さな思い出、それからただただ美味しかったという理由だけで記憶に残り続ける思い出。笑いながら食べた日は間違いなく最高だけど、泣きながら食べる日がたまにはあってもいい。口に合わなかったご飯は、超レア体験。私の思い出にはいつも食べ物がセットで、特別じゃなくてもすごく大切な日々の話。

第2章

今日、お肉にしようか

ヘルシーにサラダで

たまに「サラダを食べなきゃ」と思い立つ事がある。それはいつも、インスタグラムかなにかでヘルシーでナチュラルな海外の美女を見た時に発作的に起こる。ヘルシーでナチュラルな美女はだいたいサラダを食べるだろう。ヨガやピラティスもしているだろうけど、まあそれは今はいいじゃないですか。

スーパーで葉物野菜を買い込む。気分はカリフォルニアのウォルマート。実際はジャージなのだけれど、ドレスを着ているつもりでお尻をいつもより気持ちプリプリさせて歩いてみる。

外に出ると暗くなりかけているのに、私はまさに「朝活です！」という表情。

（だってさっき起きたし）みんなには見えないだろうけど確かに私の脳内ではとんでもなく小さい犬もつれている。

家に帰り、さあ本日一食目。（夜です）

洗った柔らかい葉物野菜をちぎり、ちぎり、ちぎり、大きな皿にこんもり盛る。だってサラダですから！　たくさん食べてもいいのです。

そうだ！　マッシュルームをのせよう。『きのこは痩せる』と15年前くらいにテレビで見たもん。

それから、ナッツ！　モデルさんがよく、間食にはナッツが良いと言っている。間違いない。間食に食べて良いもの、ご飯で食べたらもっと良いに決まっているじゃないか！　いっぱいのせる。

生のプチトマトは苦手だから……オリーブオイルで熱しよう。オリーブオイルは体に凄くいいとお母さんが言ってた気がする。お母さんが言うなら間違いないもんね！

ん～あとは、生ハムのせよ。生ハムってめちゃくちゃ薄いから、脳が勘違いして「あれ、今食べた？　食べてない……よね？」ってなっちゃいそう！　だからいっぱいのせよっと！

それからチーズは欠かせないよね！　塊を常備してて、体感的に一生減らないから、削って削って削りまくるぞー！　あれ、もはやこれ、筋トレだよね。すでに痩せてきた気がする！　チーズなんて、かければかけるだけ美味いんだから、ね！　わかるよね！　いっぱいかけないとね！

待てよ、待て待て、これ絶対ガーリックトースト案件では？　ガーリックバターじゅわじゅわに染みたガーリックトースト作るべきでは？　パセリとにんにくたっぷり入れて……ってこれはもう〝野菜パン〟じゃーん！

あのぉ、大変言いにくいのですが、絶対絶っっっ対白ワインに合うんですが!?　開けちゃう？　開けちゃうよね？

えー、じゃあちょっと残しておいた生ハムも全部出しちゃう??　ていうか、ガーリックトースト追加で焼いちゃう？？？

いやぁ、結局お腹ぽんぽこりん、良い感じに酔っちゃった！　なんですか？ヘルシーサラダ？　サラダはヘルシーじゃないといけないって誰が決めたんですか？　美味しく食べるのが一番に決まってるじゃないですか。やだなーガハハハ。ちょっと酔ったし、眠いのでこのまま寝ちゃいますね！　ほな！　グーグー。

という愉快な人生。

食いしん坊マンション建設計画

私は小さい頃から本を読んでは空想に耽る子供だった。そしてその癖はとどまるところを知らず、というのか今もそのまま。

例えば「(私がもしサッカー日本代表のご飯作る人になったら何を作ろう……)」とか。「(私がもし、Netflixの新ドラマの脚本を書くとしたらどんな話にしようかな……)」とか。

実際ある程度のリアリティを持たせるための設定とか、限りなく矛盾の少ない会話まで、だいぶしっかりめに練る。そんな妄想にも近い空想を、常日頃、暇さえあればするような人は少ないと知ったのは最近だった。

最近のお気に入りの妄想は、私が考える最強に楽しい生活！ だ。まずマンションを作る。(無理)

そこに〝良質な食いしん坊〟たちを集め、名付けて『食べるの大好き食オタク限定、食いしん坊マンション』にしたい。

動機は、私がアレに強い憧れを抱いているから。「これ作りすぎたので良ければ……」とか「たくさんいただいて1人では食べきれないので、もらってくれませんか？」という、アレだ。

今ってないよね？　むしろ、隣に引っ越してきた人が男性なのか女性なのかすら、知らないなんてザラにある。

では、シェアハウスでいいのでは？　いや、違う。全然違う。共同生活ほど距離が近いと、何かしらのオタクは必ず衝突する。人一倍こだわりが強く、絶対にゆずれない部分がある。それがオタクなのである。たまにイベントが自然発生するからいいのだ。

ここで一つの、懸念点。みんなも疑問に思うかも。

『食いしん坊なら、食い意地が張っているため、美味しいものは独り占めしたくなるのでは?』

まず、私から世の食いしん坊たちの名誉を守るために一言。必ずしも食いしん坊＝食い意地が張っているわけではない。(多分)

食いしん坊にも美味しいものを誰かと共有したいと思う時がある。私の場合も、SNSで作ったものを発信する理由はそれに近いし、食いしん坊友達からも新しくて美味しいお店や美味しい食べ方を発見した時「きいてきいて!　食べて!　作って!　絶対気にいるから!」と定期メルマガが届く。

あたかも「私の手柄を見てくれ!」と言わんばかりに。

特にお料理大好き属性の食いしん坊はみな、自分の料理を誰かに食べてもらい喜んで欲しい。と思っているはず。誰かの「うっま!」を聞きたいがために2〜3時間平気で角煮を煮る人種だ。自分のためだけなら適当でも、人に食べてもらうとなると頑張って作れる。というタイプの人も多いだろう。

そんな、ギバータイプの食いしん坊を集めたマンションを作って、超絶幸せムチムチはっぴーライフを送りたい。みんなムチムチになっちゃえばいいじゃない。みんなでムチればこわくない。

でも、ごめんだけどクッキー缶。クッキー缶だけはシェアできない。あれは1日に各種を1枚ずつ大事に、家に1人しかいなくとも、なんとなくヒソヒソこっそり食べるのが作法ですから。なにより高いし。悪いけど、こっそり1人で食べさせてもらう。言い出しっぺなのにホントごめん。シェアハウス却下の理由はそこ。

はい、私はしっかり食い意地も張ってるタイプの食いしん坊です。

シュワシュワのジュース

うちのお母さんは料理が上手いうえに、お菓子作りも上手い。

家族みんなの健康に気を遣い、料理は基本薄味。ジュースなんて家になく「牛乳かお茶飲みなさい！」。お菓子も手作り以外のものは、家のどこかに隠されていて、ほんの少しずつ出してくれた。（いつも隠し場所を探し当てては、隠し場所を変えられるイタチごっこ）

そんな私は小さい頃、炭酸飲料も「体に悪い」という理由で禁止されていた。素直で可愛い私は「うん、わかった（もじもじ）」と言いつけを守っていた。「骨が溶けるよ」なんて脅されたら、そりゃ言う事も聞くでしょう。

ある日保育園の時から仲が良い、マコちゃんの家に遊びに行く事に。マコちゃんの家はお金持ちで、ゲームもおもちゃもいっぱい。当時流行っていた、でも私達にはまだ早い、バイオハザードのゲームを「真っ直ぐ進めないよぉ……」なんて言いながらやったりした。

しばらくするとキッチンの方からマコちゃんが私を呼ぶ。

マコちゃんは冷蔵庫を開け、「これ飲む？」と指を差した。

そう、あの甘くてシュワシュワの炭酸飲料。

私は当時それはそれは素直で可愛い子だったので「ママがダメって言ってたから……（もじもじ）」と断る。でもマコちゃんはこう言った。

「じゃあさ……内緒にしたら？」と。

私は即座に「の、飲む～」と言った。だって子供だもん。

マコちゃんがコップにいれてくれて、泡がパチパチ、危なそう。

「さ、飲んで！」そう差し出され、ついに生まれて初めて口にする私。

脳がピリピリする感じがした。

「なんか、口の中が痛い‼」

そんな私を見てマコちゃんは笑う。でも美味しいでしょ。と。うん、美味しい。とんでもなく悪い事をしている気分がして、ドキドキ、でも、だから？　すごく美味しい。

「美味しいね」と2人なのに小声で話した思い出。

最近お母さんから電話で、

「私、炭酸飲めるようになってん」と言われ、もしかして家に炭酸のジュースがなかったのは、単純にお母さんが飲めないからだったのではないか？　という疑問が生まれた。


お母さんは「私が健康のために市販のお菓子やジュース与えへんかったのに、あんた今は……」と呆れたように言う。そう、炭酸大好きジュース大好き甘い物大好きお菓子大大大好きに育った私。

「我慢してた分、爆発したんや」

「あとは……マコちゃんのせい！」

毎回この小言を言われるたびにマコちゃんに罪を押し付ける私。

マコちゃんほんまごめん。初めて親に内緒でした悪い事記念日。

クリスマスにみかん

本当に愛している女にはお金をかけるだろう。それに似たような論争はＳＮＳでよく目にする。

私も若い頃にはそう思っていた。『高いご飯に連れて行ってもらう事』や『高価なプレゼントをもらう事』をステータスに感じていた時代が、確かにあった。

それを踏まえて、私がかつて長らく時間を共に過ごした男性の話をしようかな。その人とは本当に色んなところに一緒に行き、色んな事を教えてもらい、見たものや聞いた事や食べたもの、景色や季節までたくさんの事を共有した。

ある年のクリスマス当日、彼はこう言った。

「みかんを買いに行こう」

みかん……？　クリスマスに……？

彼が言うには、車で2時間ほどかかる田舎のみかんが、どうやらすんごく美味しいらしく、それを買いに行くと。

ちなみに、私が無類の柑橘類好きとかって話ではない。

私たちの普段のデートは基本、お互い好きな音楽で作ったプレイリストを持ちより、それを流しながら、どこまでもあてのないドライブをする。だったので、そう普段とも変わらない。

諸々が頭をぐるぐるとまわり、色々考えてはみたが「なんでみかんやねん……」そう思った。とは思いつつ、特に私に打開策があるわけでもないので、結局「いいよ、行こう」と了承した。


覚えているのは澄んだ空気に白っぽい空、気持ち冬っぽい音楽。いつもと変わらないドライブ。

私はだいたい車に乗ると寝てしまい、毎回「お前なぁ……」と呆れられる。その日も例に漏れず、グースカ寝たりした。起きると山に川に、乾いた田んぼ。


「ここら辺って景色ずっと一緒やな」

「いやお前ずっと寝とったやん」


そんな会話をした気がする。

ついたよ、と声をかけられ車を降りるとプレハブ小屋に〝みかん〟と木の枝に手書きで書かれた看板。おばあちゃんがみかんを売っていて、正直「(めっちゃええやん……)」と思ってしまった。逆に良くない？　と。

退屈な日常を一緒に過ごせる相手こそ、大切なのかもな。と、その時思えたかどうかは思い出せないけれど、意外と楽しかったのは覚えている。

それからそのあとは、素晴らしいディナーに……も行かず「帰ってモヤさま見よ」と早めに帰宅し、家で何も特別ではない、普通のご飯を食べた。思い返しても最高の休日だった。それに気づかせてくれた最高の人だった。

他にも、誕生日に漫画をくれたり、いつだったか似顔絵もくれた。普通だったらＳＮＳでネタにされても仕方ないようなプレゼントだけど、私にとっては大切で、その漫画は今の私の価値観を作った大切な作品になったし、似顔絵は今でも大切にしている。

この人と出会わなければ一生気付けなかったかもしれない、大切な事に気づかせてくれて、何より「この人は一緒にいる間も、一緒にいなくなってもずっと私の味方でいてくれるだろう」と、そんな安心感をくれた。私もそうだよと心の底から言える。

だから、私は「お金じゃないと思う」とカッコつけて締めようと思ったけど、そういえば私がどうしようもなかった時に借りた10万円、そのままだった事を思い出した。ほんとすんません。あの、死ぬまでに返すとかでもいいですか？

試食販売の女王

「飲食店で働いたりしていたんですか？」と聞かれる事がよくある。飲食店で働いた事は全くないけれど、ちょっとだけ食に関わる仕事をした事がある。

当時は確か16歳、派遣会社に登録した。アパートの一室を事務所にするような小さな会社。社長は若く、私みたいな生意気なクソガキにも優しくしてくれた。時給が普通のバイトより良かったのと、何より異常なほどの飽き性でずっと同じところで働く事のできない私には、1日～長くても4、5日で違う場所に変わる仕事がピッタリだった。

冬季に冷凍のカニをパックに詰める現場や、工場でボールペンの検品をする現場など色々あったが、その中でも試食販売のお姉さんをする現場が一番好きだった。

初めて売ったのは牛乳だった。「試飲をその場でしてもらって、売ってくださ い」と言われた時には「（牛乳を試飲する人なんてそんなにいるのか……？）」と不安になったが、7時間も8時間も、ほとんど無いボールペンの欠陥を探すよりは、私には向いているかも。と思い当日現場に向かった。

とにかくヘラヘラしながら配りまくったら、意外とたくさん受け取ってくれて、美味しいとたくさんの人が買ってくれた。次から次へと来る人達と話したりしていたせいか、あっという間に1日が終わった。

お世話になりました、ありがとうございました。とお礼を言い帰宅すると、後日会社の社長から「めちゃくちゃ売れたみたいで褒めていたよ。歴代1位だって」と言われた。

どの規模での歴代かはわからないけれど、とにかく試食販売に関しての私は凄いらしい。単純な私は、自分の才能に惚れ惚れしながら社長に「私、試食販売ばっかり行きたいです！」と言った。

できない事を頑張るより、得意な事だけを伸ばす方が向いている、という今の私のスタンスに気づいたのはこの時かもしれない。


一番思い出に残っている試食販売の現場は、クリスマス期間に生クリームを売る仕事だった。手作りケーキから、グラタンやホワイトシチュー、リゾットやパスタなど、クリスマスパーティーには欠かせない。売り時だ。

その時の売り方は、用意された一口大のスポンジに、裏で自分でホイップしたクリームをのせ、〝配る〟といった内容だった。

店内にとめどなく流れるクリスマスソング、年末にかけて少し浮き足だったような雰囲気のお客さん、そして試食販売の女王こと私。最高の舞台だ。

「これ泡立てるの難しい？」と言う奥さんに「いんや！　全然！　私でもできたくらいですからガハハハ」と軽口を叩き、順調に売り上げを伸ばす私。

絶対に買わないであろう子供だけの集団や、おそらく私と喋りたいがために何度も来ては去り来ては去りを繰り返すおじさん、そんな人にも嫌な顔はしない。

「（なんぼでも食べなさい……なぜなら裏に配るノルマの商品が死ぬほどあるから……）」と心の中で思いながら張り付いた笑みで配りまくる私。

普段よりお客さんの多い店内で、配っては裏で泡立て、配っては裏で泡立て、バックヤードで「（さすがに疲れたな……）」と思っていたその時、

「あんた、これ食べる？」


振り向くとおじさんが肉の切れ端を渡してきた。

と言う私に、ええからええからと言うおじさん。どうやら精肉担当のおじさんらしい。

「えっ……でも」

こんがり焼かれたステーキ肉の切れ端をありがたくいただくと、１日甘ったるい匂いに包まれ続けた私をぶん殴るかのようにガツンと効いた塩胡椒。ちょっと美味すぎて涙が出そうになる。今でも忘れられないくらいに。

「あんた頑張ってるからな～」と去っていくおじさん。働いている人たちはお父さんお母さんより上の人たちばかりで、子供や孫くらいの年の私にみんな優しくしてくれた。

「(もう私めちゃくちゃ頑張って売りまくっちゃうから～!)」と気合いじゅうぶんで売り場に戻る私。まさにプロフェッショナル。ドラマチック。酔いしれる。

結果でいうと、2日間居たのだが、1日目に張り切りすぎて大声を出し続けたせいか、2日目には声が嗄れ、ガラガラ声で商品を宣伝するしかなく、大半のお客さんからは商品の事より「あんた声大丈夫?」と心配される始末。

売り上げでいうと凡中の凡。

「(私の才能はここまでのようだ……)」と察し、派遣会社の社長に「試食販売飽きたから他の仕事も行きたい」とさっそく女王引退宣言をし、幕を閉じたのであった。

今思えば、私のステーキへの執着にも似た偏愛は、あのおじさんのおかげかもしれない。良い思い出だ。

また食べ物人に配りたいな～。

食い意地の育て方

私は自慢ではないけれど、昔から自他共に認めるほど食い意地が張っていた。何しろ3人きょうだい。夕飯は取り合いで、お母さんがたっくさん料理を作ってくれても、すぐ平らげた。どれだけ食べても、もっともっと食べたかった。そんな中で育ったのだから、食い意地が張ってても仕方ないよね？

小学生の頃、家族で外食する時は食べ放題によく行っていた。普通の焼肉屋さんだと、行く前に「あんたはおにぎり食べてから行きな」と言われる私でも、食べ放題の時は「たーんとお食べ」と言われる。

こんな最高のシステムはない。と食べ放題を最初に思いついた人を想いながら超絶感謝をしていた。

食べ放題では自分のルーティンがあり、それは終盤、みんながデザートを食べ始め、私も特大のソフトクリームを作り食べる。「じゃあそろそろ……」という空気を察知した私は「ちょっと待って！」とそこで温かいおうどんを持ってきて食べるのだ。

「あんたなぁ……」と呆れる家族を尻目に、この時間がずっと続けばいいのに……と願う私。食べ終わるのが惜しくて、最後に必ず温かいおうどんを頬張った。

初めてちゃんと彼氏ができたのは、中学校に入ってすぐだった。

まだクラスの人の名前も覚えていないくらいの頃、放課後廊下で友達と話していたら、ヤンキーみたいな子が突然「なんかジュースいる？」と聞いてきて、学校の前にあるスーパーでイチゴ牛乳を買ってきてくれた。

私は惚れた。確かにその瞬間惚れた。だって中1なんて月のお小遣い2000〜3000円くらいで、男の子に何かを奢ってもらったのも初めてだったから「（この人なんで知らない私にジュース買ってくれるの!?）」と。

気になるとかを通り越して好きになり、告白して付き合った。ヤンキーだから先輩だろうと思っていたら同級生だと、後から知った。それくらいのスピードで恋に落ちた。完全に食い意地界の『恋空』だ。

お母さんは相手がヤンチャだと知って心配したが、私は「(いや、だってジュース買ってくれたんだよ? いい人に決まってるじゃん)」と思っていた。

20代前半に惚れた人とご飯を食べている時に「女の子ってご飯食べるの遅い子多いけど、いつも合わせてくれているの?」と聞かれた事がある。

「一緒に食べる相手のスピードに合わせるのが当然だと思ってた」としたり顔で答えて「そういうところ、良いよね」と褒められた。本当は、昔にきょうだいと食べ物を取り合っていた時のクセが抜けず、誰も盗らないのに早食いしてしまうっていうだけなのに。「いっぱい食べるところも好き」なんて言われたり。まったく、食い意地で惚れたり惚れられたり、なんか可笑しい。

もう今となれば、自分が食い意地が張っている事を認めた上で「私ほどの食い意地が張った人間が、大切な食べ物を分け与えているってめちゃくちゃ好きって事なんだよ!?　愛!!」と食い意地を生かした口説き方をしたりしている。

誰ですか？　歳いったら食べられる量減るとか言ったの。全くその気配もなく毎日もりもり食べて、変わらず食い意地も張りまくっていますが？

でも食い意地がなくなったらなくなったで寂しいな……共に生きてきた戦友みたいなものですから。

餃子を焼いて喧嘩して

「もうすぐできるよー」

「できたよー」

料理中の私からは、2度のアナウンスがある。

出来立てを食べてもらう事にこだわりの強い、私なりの作戦であり配慮だ。2度ともに別々の意味があり……。

1度目の「もうすぐできるよー」は料理の終盤で、最後の炒め作業や仕上げの段階。

〝もうすぐできあがるから机の上を片付けてね〟

という意味である。

2度目の「できたよー」は盛り付けも終わり、ＳＮＳにあげる写真をサッと撮り終えた後。

〝できたので、取りに来てください〟

という意味である。

これは美味しく食べるための必須事項で意味がある事だと伝え、共通認識済み。

これを共通認識にしておくべきだ、と思った事件がある。

私はその日せっせこせっせこ、と餃子を包んでいた。餃子を作る日は気合いだ。何せ面倒臭いから、作る前から気合いを入れて「よっしゃやるぞ」と自分に活をいれないと、とてもじゃないけど作ろうと思えない。作り上げれば、それはもう大作だ。それが餃子というもの。

そして、さあ焼くぞという時に、

「ちょっと一瞬、仕事の電話していい？」

と言われた。

「今から餃子焼くところだけど、電話終わった後にした方がいい？」

と聞くと、

「いや、すぐ終わるから」との事。

それならば、と焼き始める。

餃子を焼く時はいつもドキドキ、経験則と勘で綺麗な色に焼き上げなければならない。

正直餃子は中身も大事だけど、焼き加減で出来がすごく左右されると思う。全神経を集中させ、お皿にポコッとひっくり返す。

「なんと美しい焼き加減や……」自分でもウットリしてしまう焼き色。今回も無事、任務完了。

おや？　電話が終わっていない。

それから、20分……30分……。

私の作った最高傑作（餃子）だったものは刻一刻と冷めていく。

「（ダメダメ、落ち着きなさい私……仕事なんだから仕方ない事よ……怒ってはいけない……）」

そう言い聞かせる最中。


「そういえば、あのラッパーの新曲が～ハハハ」


耳を疑った。音楽の話で談笑してはる……。

完全に精神が崩壊した私は、布団に包まり、餃子の具のように丸くなった。

電話が終わった彼がなんと言ったか忘れたけど、私はリアルに「びぇ～～～～～ん」と泣いた。大人なのにびぇ～んと泣いた。

びぇ～んと泣きながら餃子は作るのが大変面倒な事、出来立てを食べて欲しかった事、1時間のどこが一瞬やねん。という事、こんなに綺麗に焼けたんだぞ、などを「仕事だからあんま言えへんけどさ」と言いつつ全部しっかり言った。

彼は「冷めても美味しいと思うよ？」とフォローしてくれたけど「そういう事じゃなあ〜い！」と一喝。

あっためるにしても、だってレンジであっためたらカリカリじゃなくなるんだもの……と思いながら、

「じゃあもう一回フライパンで温め直してみるわ」と成功するかわからずウジウジする私。

弱火でじわじわ。またまたお皿にポコッとひっくり返す。ドキドキ……見るとなんと綺麗なんでしょう。蘇る餃子。箸で触れるとカリカリ。

「上手にできた!!」と叫び、怒ってごめんね、こちらこそごめんなさい。と謝り合う。

もうそこから私はご機嫌だ。だって上手にできて、偽造(?)といえど温かい

出来立ての美味しい餃子を食べてもらえるのだから。
そうして、〝ご飯そろそろできますよのサイン〟協定が結ばれましたとさ。

おばあちゃんと餃子

私にも若さ特有のヤンチャな時期があった。

訳あっておばあちゃんと2人で住んでいた中学生の頃、おばあちゃんの事はもちろん大好きだったけど、当時の私は友達と遊ぶのに夢中で、何もしなくとも話しているだけで何時間も過ごせた。それだけをずっとしていたかった。

私のおばあちゃんは、幼稚園の園長先生をしたり、詩吟の先生をしたりしていて、どこかに出かけると必ず知り合いに出くわすほど顔が広く、小さな子供からおばあちゃんと同世代の大人まで、老若男女問わず「先生！　先生！」と呼ばれ慕われていた。私にもすごく優しく、全く怒る事もなかったおばあちゃん。

ある日も、私は近所の公園で友達と話していた。時間は夜の9時。特に何を話すでもないけれど、やれ誰と誰が好き同士とか、先生の噂話とか、芸能人の誰々がカッコいいとか、おそらくそんな話。

そこにおばあちゃんが私を迎えに来た。

「もうそろそろ帰っておいで」

私は、

「まだええやん」

と生意気な口をきく。

そこで、私の隅々まで理解しているおばあちゃんはこう言った。

「〇〇の餃子買ってきたよ、あったかいうちに食べた方が美味しいから帰ってきな」

「(うっ……餃子…)」
怯む私。だって餃子大好きなんだもん。おばあちゃんそれはずるいよ。

大好きな餃子を目の前にぶら下げられた私は、思春期の恥ずかしさも忘れ、
「餃子か〜ちょっと帰ろうかなあ」
と友達に言う。

友達も、
「餃子なら帰るよな」と笑う。なんだかんだでいい子ばかりだった。

帰って餃子をモリモリ食べ、おばあちゃん大好き長生きして絶対！　なんて思う、現金な孫。

『餃子を作ったけど、出来立ての温かくて美味しい状態で食べてもらえずブチギレた話』を書いている時に、この話を思い出した。

買ってきたとはいえ、私と同じように温かくて美味しい状態で食べさせてあげたいと思ってくれたのかな、あの時は心配いっぱいかけてごめん。と思い直す。

歳をとってからも、フライドチキンや焼肉などジャンクな食べ物が大好きでモリモリ食べるおばあちゃん。私もそんなおばあちゃんになりたいなあ……いや、なるだろう。おばあちゃんみたいに、みんなに慕われ愛されるおばあちゃんになれるかなあ。

ほんとにほんとに長生きして、お願い。

初めて作ったレシピ本

夏休みの宿題は、当然の如く溜めるタイプ。毎日の一行日記も最終日に丸々残っており、何をしたかなんてまったく思い出せずお母さんに泣きつく始末。なんなら交通安全ポスターなんて、不器用すぎて絵の具がはみ出しぐちゃぐちゃになり大泣きする私を見かねた、私の親とは思えないほど器用なお母さんが代わりに描いてくれていた。

そんな私でも好きな宿題があり、それは読書感想文と自由研究だ。昔から本を読むのが大好きで国語だけは大得意。人の気持ちはわからないのに作者の気持ちだけはわかる子供だった。作文も得意だったので、読書感想文はスラスラ書いていた記憶がある。

自由研究は、やってもやらなくても良かったけれど毎年やっていて、特に思い出深いものが「レシピ本を作る」だった。その案を出したのは、お母さんだったかな？

画用紙に料理名とレシピ、それと作った料理の写真を貼り付ける。穴をあけてリボンで結び製本した手作りのレシピ本。

ある日は、お父さんと冷やし中華を作った。実はお父さんも、お母さんと結婚する前に喫茶店をやっていて、料理も出していた事があるらしく、料理が上手だった。

家族の健康を気にして、薄味で料理を作ってくれていたお母さんの前で大きな声では言えないが、お父さんの料理は味が濃くてこれまた美味しかった。（特にてりやきチキンドリア）

そんなお父さんと作った冷やし中華。きゅうりやハムを切り、薄焼き卵を作って、酢じょうゆのタレも作り、レシピにまとめた。他に何を作ってレシピ本に載せたか全然覚えてないけれど、何故か冷やし中華だけは覚えている。

学校では、オリジナリティがあると褒めてくれる人と、これは果たして自由〝研究〟なのか？　と言う人でわかれ、今思えば議論が生まれる最高の〝研究〟だったように思う。

でも、その時スゴイ！　と褒めてくれた人がいて嬉しかったから、今も料理を楽しく作れているのかも。

私がＳＮＳで料理の写真を載せ続けるのは、この夏休みの自由研究で作ったレシピ本の延長かもしれない。

あっさりしたもの

「今日何作って欲しい？」と聞いても具体的な料理名はあまり返ってこないけど、たまに「あっさりしたもの」と言われる。困る。あっさりは私の管轄外なのです。「例えば？」と聞くと「パスタ……ペペロンチーノとか」という返答。「（ええっと、ペペロンチーノってあっさりなのか？　めっちゃ油使いますけど、オイルパスタなので）」と思いつつ、パスタは楽なので「わかった！　じゃあアサリ（冷凍、これまた楽）のペペロンチーノにしようね！」と気遣いのできるいい女を演じるズルい私。「健康なご飯、最高〜」と言われ、少しの罪悪感。

チャーシューの手間

チャーシューを作るのに、コトコトコトコト1時間ほど煮る。されど食べるのは15分。あぁ、自炊とはなんて儚いの……恍惚な表情でため息ひとつ。なーんていう、この一連の流れ。正直気持ちいい。私、自炊すると気持ちいいんですよ。

「そんなに時間がかかって大変ならば、圧力鍋買ったら?」

いやいやいやいや、それはちょっと違う。

ランニングするより車に乗った方が早く着くし、ケーキも作るより買ってきた方が後片付けなんかしなくていいし、スポーツ観戦だって家で見た方が混雑に巻き込まれないし、映画もサブスクを使い家で見た方が安くつく。

そう、まさしくそうなんですが、それでも「違うんだよな〜」なんですよ。効率なんて考えず、行為そのものを楽しめて、なんなら不便ささえも愛おしく思えてしまう。それを趣味と言うのではないでしょうか。

私が、料理は趣味です！　と言っているのはそういう意味合いもあります。豚ばら肉をねぎの青い部分と生姜の輪切り（分厚め）で煮ている時なんかは「いや〜ん♡　なんだか本格的な事しちゃってる〜♡」と悦に入っているし、調味料を入れて煮始める時は「味は本当にこれでいいのか……上手くできるのか……」と胸がドキドキしているし、砂糖をはちみつに代えてみた時は「これは、すごい挑戦だ、発明だ」と大袈裟に威張ってみたり、そして豚と漬け汁を袋に入れて冷蔵庫で寝かせようという時には、まるで「私の赤ちゃん……」と母性すら生まれている。

何かをすごく好きになれたり熱中できたりするのって、才能でもあり一種の変態性でもありますから、ね？　みんな同じようなもんだよね？　ちょっと不安になってきたけど。

気付いたら何時間も経っていた！　とか、他の部分でめちゃくちゃ節約してソレには湯水の如く散財する！　とか、日本各地はたまた海外までソレのために遠征しちゃう！　とか、そこまでハマれるものが大人になってもあるなんて、恵まれています。

それに、同じものを好きな人とは出会ってすぐに意気投合できたり友達になれたりする、大人になってから友達ができるって貴重だから、好きの一致で仲良くなれるのは、超絶幸せな事だろうと思う。


ほら、これだけ見ても、何か熱中できたり大好きなものがあったりする人は、ラッキーどころの騒ぎではありません。推し活（対人に限らず）は、コスパが良いとか悪いとか、そんな次元の話でもないのです。お金と時間差し出すだけで絶対ハッピーになれる事を知っているなんて、勝ち組でしょ。

コロッケって愛する人間にしか作れない

コロッケってあるじゃないですか。あの、芋を軟らかくなるまで茹でてから温かいうちに潰し、甘辛く味付けした肉などと混ぜ合わせ成形する。この辺りから「なんで私はこんな面倒な事を始めてしまったの?」と少しの後悔が脳裏をよぎりながらも、小麦粉・卵・パン粉をつけ、油でカラッと揚げてって。そのコロッケです。

手はべちょべちょになり、コンロは油まみれ、小麦粉・パン粉が散乱し、シンクは洗い物の山。あぁ見るに堪えない。「誰がこんな酷い事を……」と思いながらも、揚げ物は絶対に出来立てを食べなければいけないので、とりあえず放置。食べて幸せに浸れる時間はだいたい15分。労働力のコスパだけで考えたら最悪。

食べた後はその地獄（片付け）がドーンと待ち構えているのでお馴染みの、あのコロッケ。

そんなものね、相当に愛する人間にしか作れなくないですか？

普段は「料理は趣味！　自炊は楽しい！　自分が好きでやってます！」と声高らかに宣言している私ではありますが、ちょっとコロッケだけは話が違う。だって、自分1人のためだったら絶対絶対やらないもんね。なんなら自分で作るたび、お肉屋さんで買える100円ちょっとのコロッケとか、スーパーに売ってる冷凍のとか、すごくね？　コスパ良すぎ。神じゃん。と、そっちにビックリしちゃう。

そういう場合の原動力ってやっぱり愛なんですよ、手作りの出来立てを食べさせてあげたいって。

私の場合「作るのが大変だったから、今回は超オーバーリアクションで褒めてくださいね」と事前に依頼しておくというパワープレーで、なんとか精神的に元

を取ろうとしてしまうので、無償の愛なんて綺麗なものでは全然ないのですが、
それでも胸を張って言えます。これは愛です。

しかしこの世の愛する人たちは、フライパン1個に玉ねぎと何かしらの肉を適当に甘辛く炒めただけのものに、なんの変哲もない味噌汁と白米。そんななんちゃって焼き肉定食の方に、明らかにテンションがあがり、雄叫びをあげながら、

「美味しい！　美味しすぎる！　最高！　愛してる！」と言うんです。

そう考えるとコロッケは結構エゴなのかも……と少し複雑な気持ちになったり。

でも、それでもまた懲りずにコロッケを作る。

「あんたの事マジで愛してるの、わかってる!?」という、少女漫画よろしく、特大の愛をぶつけるために。

うちのトリュフオムレツ

「これ、トリュフオムレツなんやで！」

そう言ってオムレツを出す。2人で1つの大きなオムレツ。

いただきます、の音を置き去りにして、我先にと手を出す2人。

反応を聞く前に矢継ぎ早に、

「ほらトリュフの香りするやろ、高級な」

誘導尋問が始まる。

「うん、なんかオシャレな味」

そういう素直でかわいいところ、大好き。

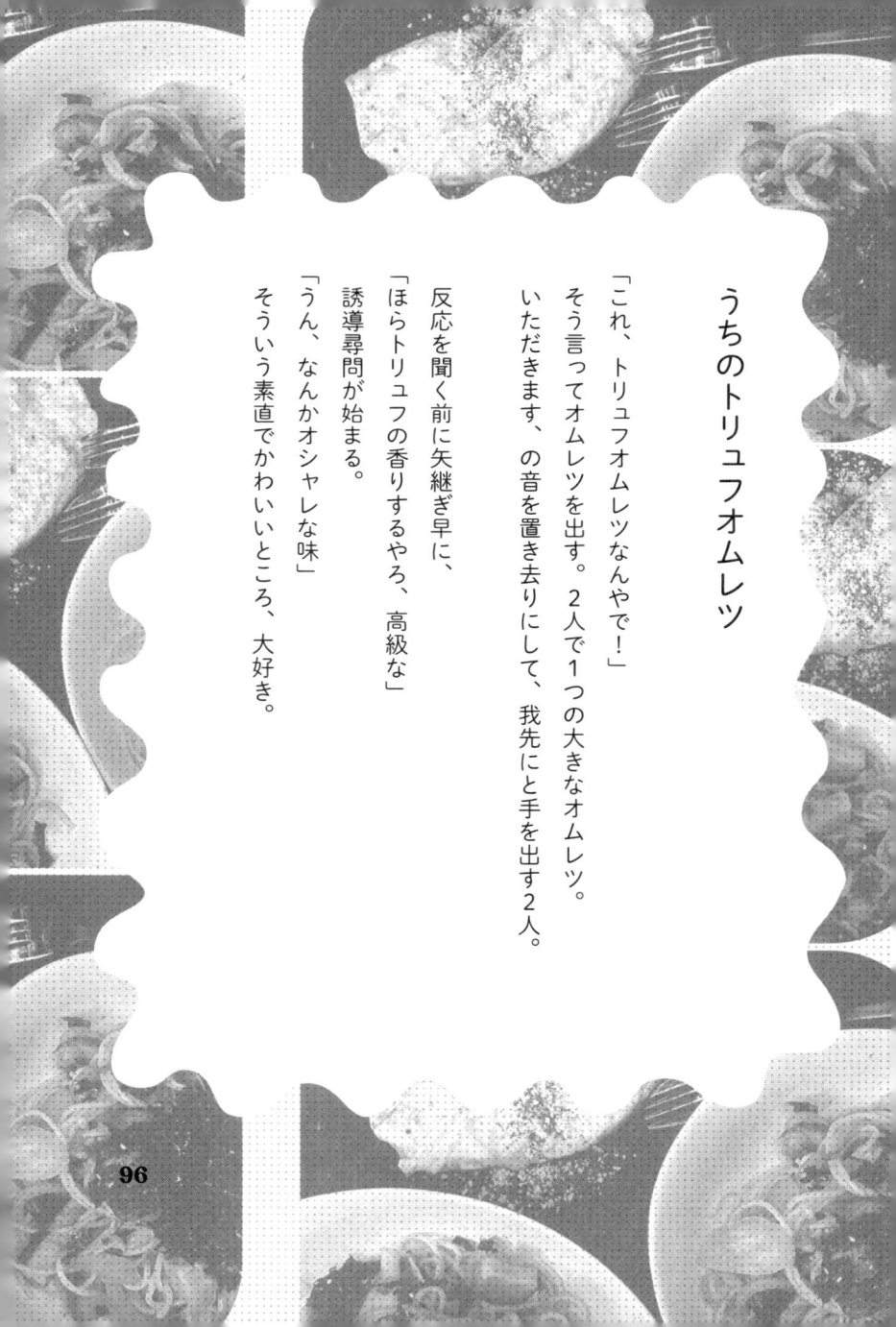

５００円しなかった安いトリュフ塩を使ったオムレツ。でも、もう私の中では立派なトリュフオムレツ。

　トリュフの味を正確に把握してないであろう私たちには、これが立派なトリュフオムレツだ。


「良い香りだね」

「オシャレなカフェみたい」

「上手に焼けてん。美味しい？」


　反応が良く、ご機嫌な私。いつか私たちが大金持ちになってもさ……ずっとずっとこれでじゅうぶんだよね。と、約束する。いまでもじゅうぶん幸せだよね、と確かめ合うように。

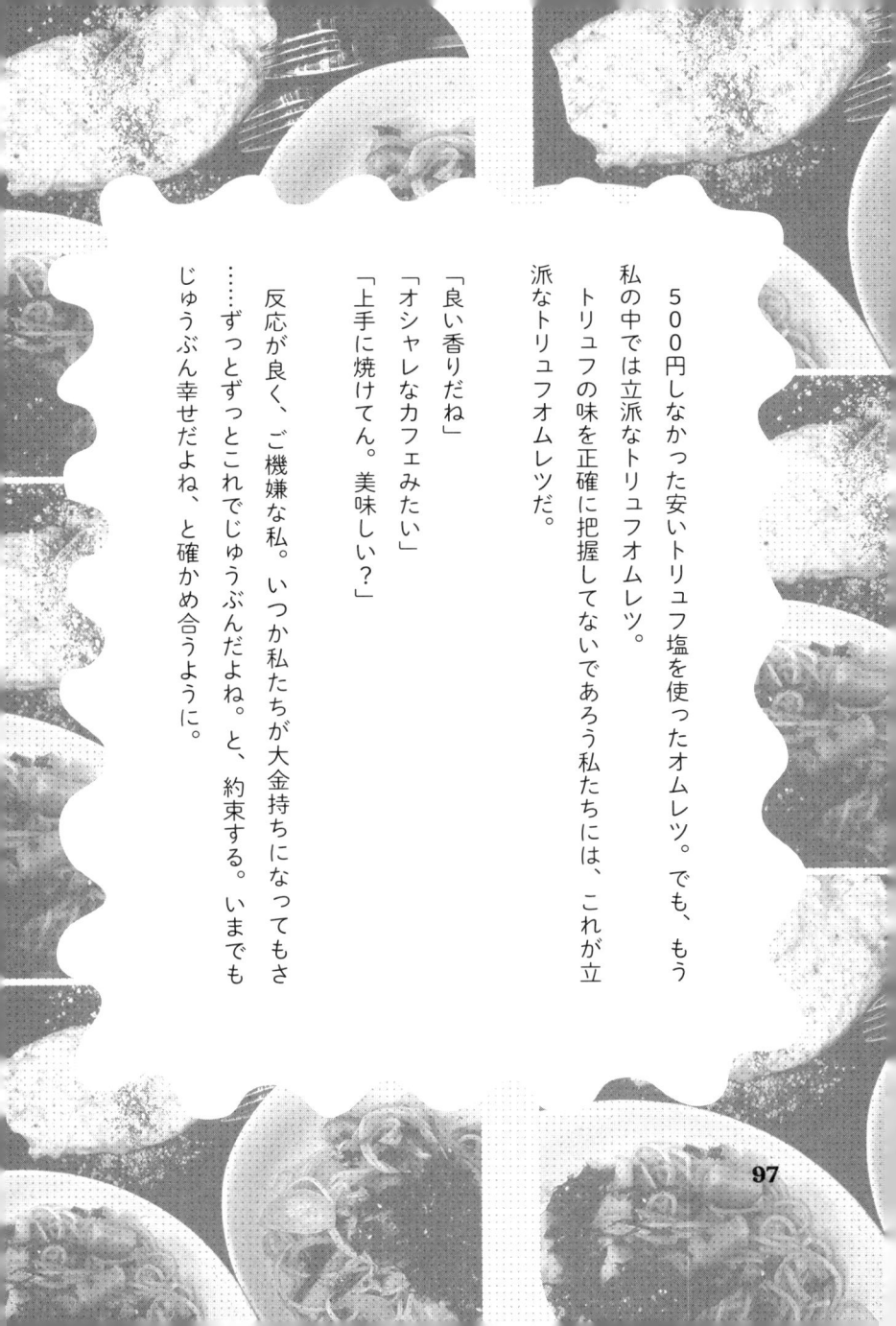

失敗した料理

自分で言うのもなんだけど、あんまり料理で失敗した事ないんです。

1回目は、料理の失敗ではないかもしれないけど小5。家で焼きうどんを作った時、一緒にオレンジジュースを飲もうとコップに注いだら、手が滑ってオレンジジュースが全部焼きうどんにかかった。意地で食べた。

2回目は16歳。彼氏（1）に肉豆腐を作った時にダシを入れ忘れて、コクとか深みが全くない豆腐のしょうゆ煮になった。まあ、別に食べられるレベル。

3回目は20歳。彼氏（2）にオーブンで皮を剥いた玉ねぎを丸ごと焼いただけの料理を出した時。なんか別に美味しくなかった。

4回目が最近。彼氏⑶に鶏ハムと柚子胡椒マヨを和えたものを出した。〝美味しいものはいっぱい入れたらもっと美味しい〟論を唱える私が、大好きな柚子胡椒をいっぱい入れたら辛すぎて食べられなかった。

失敗は根に持つタイプだから全部覚えている。また10年後くらいに失敗するかなー。ちょっと楽しみ。また報告します。

完全な食事
EPISODE 2

作 ちゅちゅちゅ
漫画 23

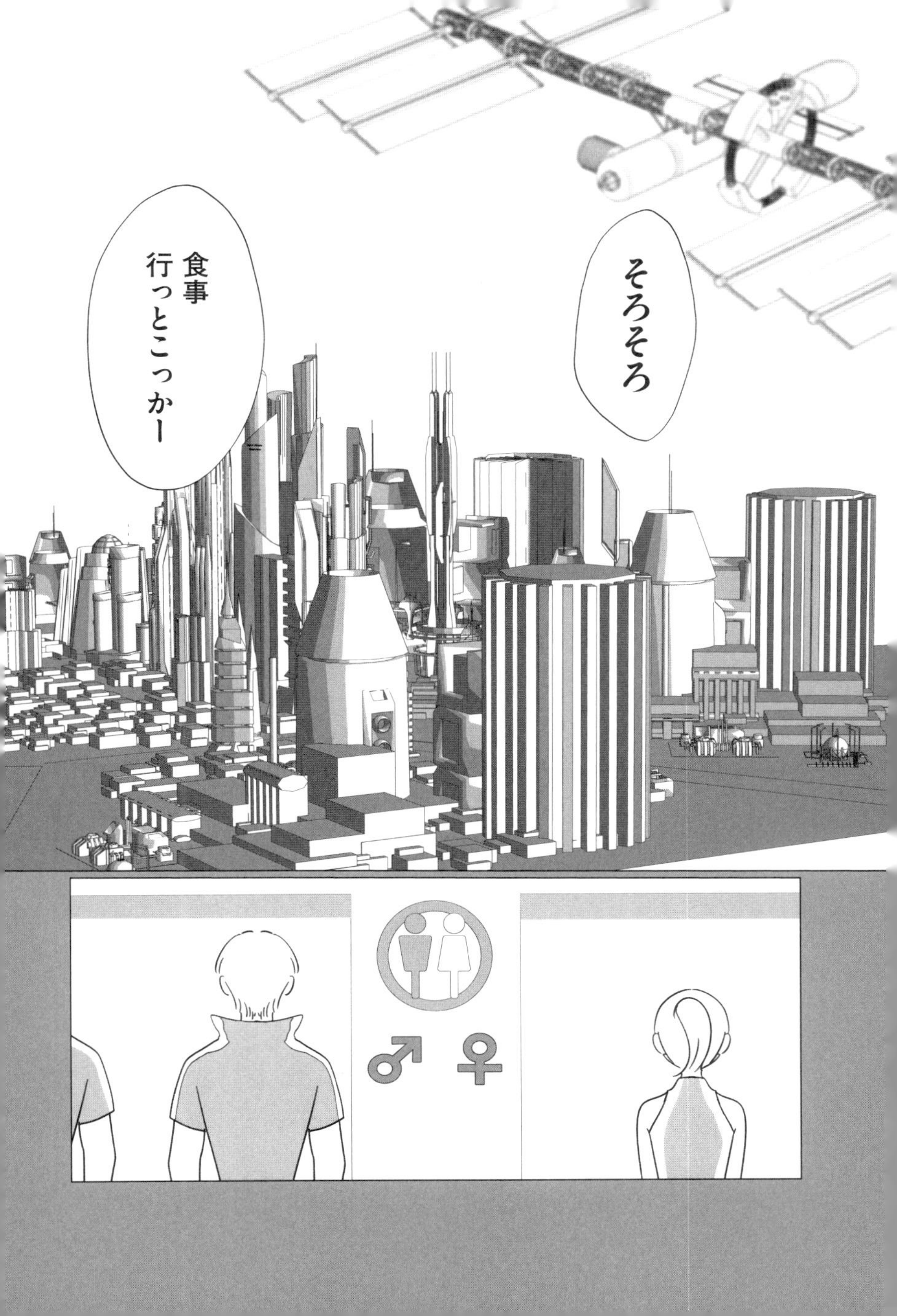
そろそろ
食事
行っとこっかー

ねえ
胸を大きくする工程があるってウワサ知ってる？
♂
♀
?
コトッ
何それ、違法でしょ？サイズの規定超えたら捕まるじゃん
ピッ
怖くてそんな事できないけどさー
昔の人は大変だったんでしょ自分で管理しなきゃだから太ったとか痩せたとか
たしかにねーそういう悪口もあったんでしょ？
あーそうだ
ボトッ
デブ
だから今はラッキーな時代だよ
管理社会万歳
あはは

昔は〝食事〟をみんな楽しんでたんだよ？素敵じゃない？
本にも書いてあったこの国は昔、美食大国って言われてたんだって！
ひいおじいちゃんがいつも話してくれたの
昔は良かった食べる事が楽しみだったたってね
また始まったよ

昔の人はね
「今日帰ったらアレ食べるぞ〜」とかって
それを楽しみに1日を頑張れたりしたんだって！
自分で自分の楽しみを気軽に作れるって
すごく貴重な事じゃない？
クリスマスとかお正月に合わせた料理もあって行事や季節を感じられたり
地方によっても味や使う食材が違ったり…情報統制されてないからこそ個性が生まれたみたい
自炊って言って自分で食事を作る事も多かったらしいよ
自分で作るから自分や食べてくれる人の好みに合わせられるんだって！
信じられない!!

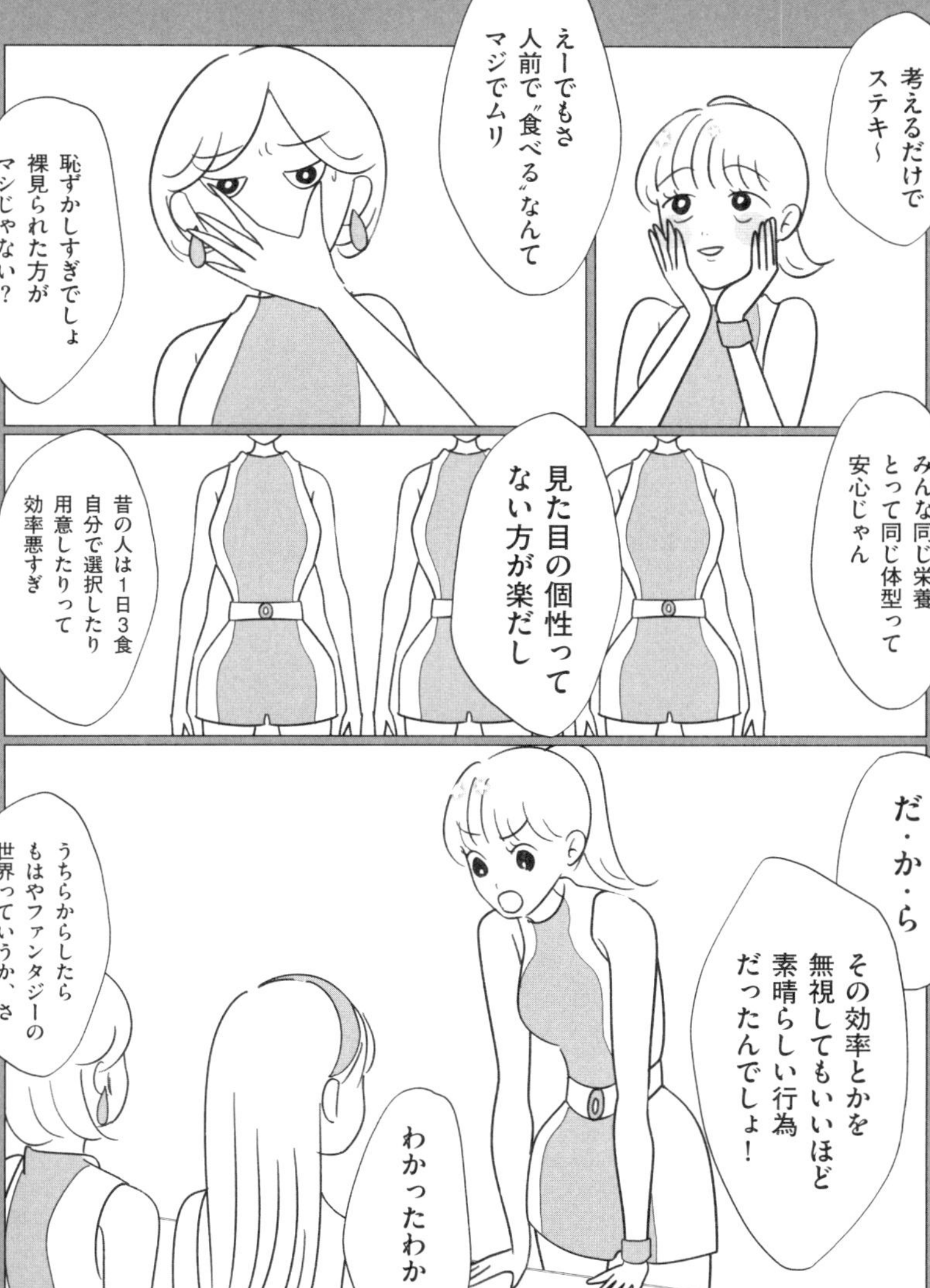
考えるだけでステキ～
えーでもさ人前で〝食べる〟なんてマジでムリ
恥ずかしすぎでしょ裸見られた方がマシじゃない？
みんな同じ栄養とって同じ体型って安心じゃん
見た目の個性ってない方が楽だし
昔の人は1日3食自分で選択したり用意したりって効率悪すぎ
だ・か・ら
その効率とかを無視してもいいほど素晴らしい行為だったんでしょ！
うちらからしたらもはやファンタジーの世界っていうか、さ
わかったわかった

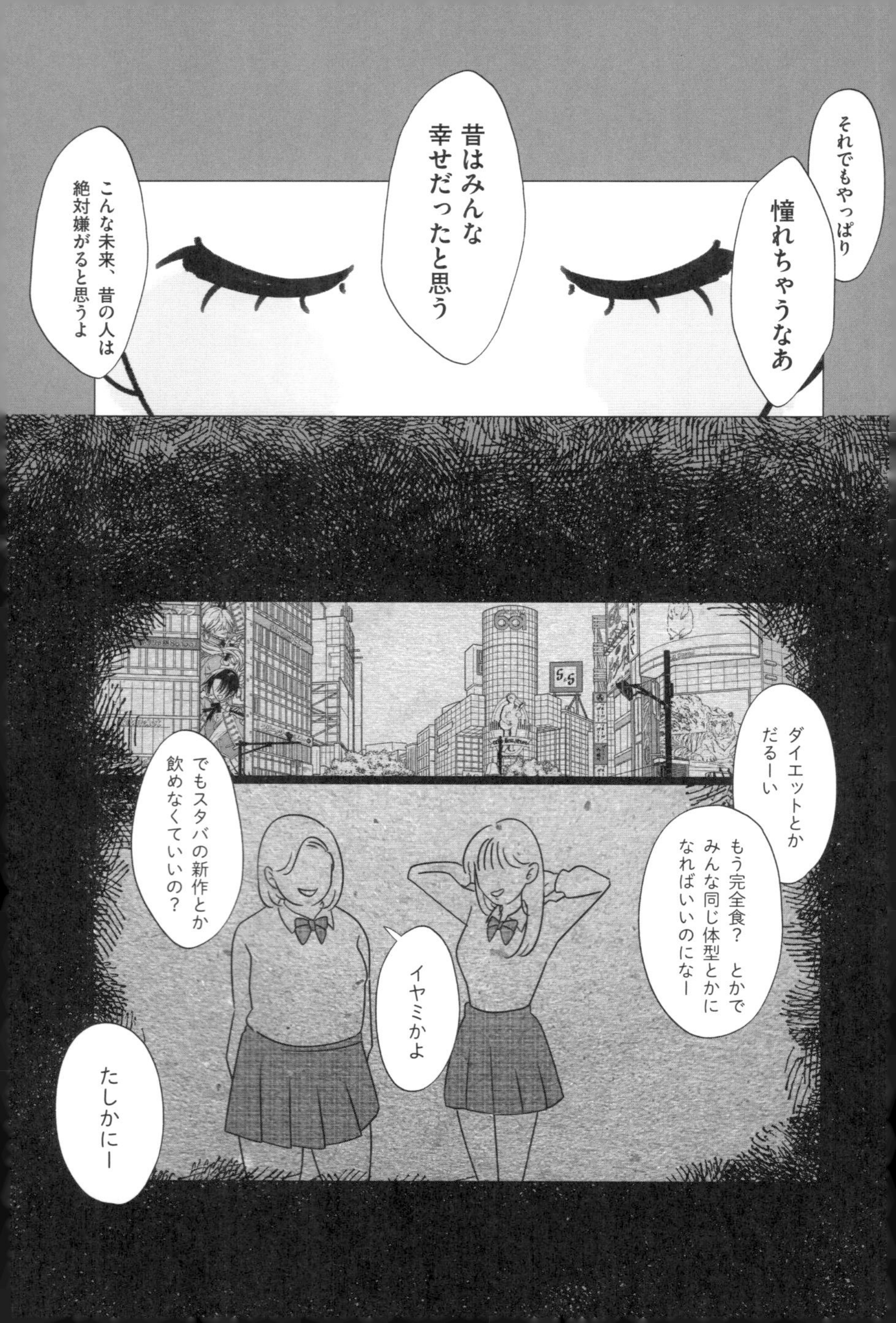

それでもやっぱり
憧れちゃうなあ
昔はみんな幸せだったと思う
こんな未来、昔の人は絶対嫌がると思うよ
ダイエットとかだるーい
もう完全食？とかでみんな同じ体型とかになればいいのになー
でもスタバの新作とか飲めなくていいの？
イヤミかよ
たしかにー

あとがき

体型の事について考えるのに疲れた時「太っている方が魅力的」な未来が来たらいいのに、と何気なく考えてみた。でも実際に想像してみたら、それはルッキズムの根本的な解決になるのだろうか？　など、小難しい事をそれっぽく考えてみた。基準が変わるだけで、結局見た目で評価し選んだり選ばれたりする事に変わりは無い。それなら、国に何かしらの管理をされ、みーんな同じ体型になってしまえば？　どうなるだろう？

楽かもしれないけど、やっぱ食の楽しみが無くなるの無理っす。私が食の楽しみを守りたくて、そのためならまあ多少太っていてもいいやと思うように、私は絶対スタイル抜群の自分が好きだから、それを維持するためなら食事制限くらいしてやるわ！　という人もいる。みんな大切な何かを守るために何かを捨てる。そういう選択の繰り返しが人生なのかも。

EPISODE 2

第3章

美味しくて無敵で

私の料理のモットーは「こんなん絶対美味しいやん」。見たらわかる、美味しいやつ。茶色くてもいいじゃない、ワントーンコーデですよ。一汁一菜でいいじゃない、洗い物楽だよ。ダイエット意識しません、だってカロリーは美味しい証だよ。時短や節約は興味ないです、だって料理は趣味だもん。気取りすぎず、オシャレすぎず、でもこだわりもある。好きなものは好きなだけ、やりたいように作るだけ。

そんな私の料理に対する気持ち。

食べたい物&作りたい物リスト

「献立はどのように決めていますか?」「スーパーはどのくらいの頻度で行っていますか?」など、日々のメニュー決めや買い物について質問をいただくので、私が普段やっている献立決めから、買い物リストの作り方まで、実際に書いているメモと一緒に公開します!

まず食べたい物、作りたい物をひたすら挙げていく作業から始めます。

ここは欲望に従い、とにかく自分の快楽(胃袋的な意味で)のみを追求します。

「これ、でもカロリー高いよな」「材料費高そう」「そもそもこれどうやって作るんだ?」など、そんな事は考えません。それは、食べた後の私、買い物で支払う時の私、作る時の私、に頑張ってもらうしかありません。

食べたい物&作りたい物リスト

・キャベツととり肉の焼きサラダ ・キャベツメンチ ・オムレツサンド

・トマトの卵炒め ・ボンゴレスパゲッティー ・たい飯(たけのこ)

・納豆としらすのチーズトースト ・しらすパスタ ・豚のナンプラー炒め(焼きトマト)

・生春巻き ・パッタイ ・パエリア ・焼きおにぎり

・タコス ・タコライス ・キムチ納豆たまご丼 ・手羽先あえ

・キムチ、パクチー水ぎょうざ ・まぐろユッケ丼 ・ミートボールパスタ

・豆乳ごま担々めん ・ビビンバ ・ワカモレオープンサンド

・バターチキンカレー ・チーズバーガー ・グリーンカレーそうめん

・豚バラ角煮 ・焼肉定食 ・豚なす焼きうどん

・大根マーボーめん ・ハヤシライス ・タラのパクチー天

これは決して、先延ばし癖なんかじゃなく、未来の私への挑戦であり期待です。なんて、ごたくはこの辺で……。

食べたい物の中に、季節の食材を使った料理は多めに入れるようにしています。なぜならば「旬の食材は体にいい」とどこで聞いたかわからない言葉をとても信頼しているからです。それに、旬の物で料理を作る事で「なんだか私の体、大切にされてるかも」と脳が錯覚し、幸せ成分が分泌されるからです。

何を食べたいか思いつかない時は、グルメ雑誌を主に見ています。盛り付けの勉強にもなるし、「人はこういう料理に惹かれるのね」とか「今はこういう傾向が流行りなのか」とか、色々学びがある。

普段あまり行かないけれど、外食に行く時は必ず「家で1から作れなそうな物」を頼むようにしていて、例えば窯で焼いてくれるピザとか、なかなか手に入らない食材を使うパスタとか、手打ちの蕎麦・うどんとか、名前から全く想像できない何かとか……。

「やっぱりプロの方はすごいなあ」と思わされつつ、家でなんとかこの味出せないかなあなんて挑戦したり。食べる事にだけは勤勉なので、日々勉強！　みたいな顔をして、食べる事ばかり考え、もくもくと食べる毎日です。

献立の決め方

さて、食べたい物&作りたい物リストができたところで、約1・5週間分くらいの献立を決めていきます。

献立って決めるの大変ですよね。小学生の頃、家でカレーが出てきて「えー、つい最近、給食でカレーやったよ」なんて言うとお母さんに「献立考えるの大変なんやに！」と言われて、そんなにか？　なんて思っていました。

お母さんは冷蔵庫に給食の献立表を貼って、おそらくそれを見ながら考えてくれていたのかな、なんて思うとちょっと泣きそう。あの頃に戻って、「あんたカレー好きやん、どうせ美味い美味いって食べるんやから黙って食べなはれ！」と小さい私の頭をひっ叩きたくなります。

給食なんてなくとも、献立は考えるの大変ですよ。

献立表

土曜日	昼	ワカモレ　オープンサンド
	夜	まぐろユッケ丼　水ぎょうざ
日曜日	昼	オムレツサンド　ジャーマンポテト
	夜	豚バラ肉煮　みそ汁
月曜日	昼	キャベツととり肉の焼きサラダ、トマトの卵炒め
	夜	ハヤシライス　やさいスープ
火曜日	昼	パッタイ　タラのパクチー天
	夜	たい飯　豚ソテーのナンプラー炒め　みそ汁
水曜日	昼	しらすパスタ
	夜	タコライス、生春巻き
木曜日	昼	グリーンカレーそうめん
	夜	キャベツメンチ　みそ汁
金曜日	昼	納豆しらすチーズトースト、ベーコンエッグ
	夜	パエリア　ブロッコリーフリット
土曜日	昼	ボンゴレスパゲッティー
	夜	ビビンバ　チヂミ
日曜日	昼	ミートボールパスタ
	夜	バターチキンカレー

食べたい物リストから抜粋し、バランスよく並べたと思っても「あ、ここ2日連続中華だ」とか「うわ、丼続きになるな」とか。もはや気分はパズル。基本うちは一汁一菜、もしくはパスタだけ！　チャーハンだけ！　とかが多いですが、稀に気分が高揚し、野菜の副菜なんかを作ると「うわ～今日豪華だね」と言われるレベルです。

ここで、「あれ？　表を見る限り、結構ちゃんと作ってない？」と思いますよね。あの、この献立表通りに毎日作れた例しなんて、一度たりともありません！　酷い時は、買い物だけ行って、二度と献立表を見返さない事もある。だって献立表書いて買い物が済んだ時点で、壮大なプロジェクトを成功させたー！　仕事したー！　って気分になるんですもん。それに、途中で必ず「ねー今日ダルいからウーバーでもいい？」が2～3回ほど入ります。ほら、最初に1・5週間分と中途半端に言ったじゃないですか。なんだかんだで食材が余るので、結局2週間くらい食べられてしまうのです。そんな適当でいいの？　と思います？　いいんですよ。死なんかったら。すぐ極論で片付けるの、悪い癖かも。

買い物リスト

さて、ようやく買い物に出かけましょう。でも待ってください。献立表を作るだけでは、必ず。必ず！　買い忘れが発生します。

なので買い物に行く前に、献立表を片手に冷蔵庫と調味料などの残量を見ながら、買い物リストを作ります。週に何度も買い物に行くならまだしも、こちら超ひきこもり戦士、なるべく外に出ない事に全てを賭けていると言っても過言ではない人間ですから、買い忘れ＝絶望なのです。

変なところだけ完璧主義なので、例えば親子丼を作る、となって「最後に散らす小ねぎがない!!」となると、もう全てのやる気がなくなり、小ねぎがなければ親子丼が作れない!!　と大パニック!!　布団を被り「計画が台無しだ、もうこの世の終わり、私は何もできないダメ人間」などと大袈裟に悲しくなってしまう質ですので、本当に買い忘れは死活問題。

「コンビニに売ってるからサッと買って来ればいいじゃん」

いや、違うんです。常日頃から、「明日は小ねぎが要るから、何時ごろコンビニに小ねぎを買いに行こう」と考えてるのと、「今すぐ小ねぎをコンビニに買いに行かなくてはいけない！」は全っ然違うのです。これピンと来ない方には全く理解不能だと思いますが、ピンと来る方とは多分親友になれます。連絡ください。

そんなたいそうな心意気で、完璧な買い物リストを作ったところで買い物に行きます。好きなスーパーは西友とオオゼキです。西友は広くて安くてなんでもあるので最高で、オオゼキ（特に下北沢）は珍しい野菜や変わった部位の肉があるので、テンションがあがります。

買い物は約2週間分で大量なので、1人では行けません。共有した買い物リストを手に、二手にわかれて、かき集めます。

☆買い物リスト☆

肉

とりミンチ　豚牛ミンチ
ベーコン　豚バラ
とりもも肉　豚ソテー肉

魚

まぐろ刺身　タラ　たい
しらす　エビ　あさり　魚介ミックス
（冷凍）

野菜

パクチー　たけのこ　プチトマト
ニラ　きゅうり　レタス　キャベツ
パプリカ　パセリ　ほうれん草
にんじん　大根　しめじ

調味料

にんにくチューブ　しょうがチューブ
マヨネーズ　マスタード
チリソース　はちみつ

その他

たまご　キムチ　豆腐
ピーナッツ　トルティーヤチップス
生春巻きの皮　トマト缶
バター　中華めん

良さそうな食材を見つけると軽率に買い足してしまい、とんでもない値段になるので、毎回行く前に「今日は買いすぎないようにするから、途中で絶対に買いすぎるなって忠告して」と言います。

そしていざ忠告を受けると大好きなスーパーで大好きな食材に囲まれ高揚する私は「いや、これは買うべきだ！」と忠告を無視し、帰って冷蔵庫（小さい）に入りきらない様子を目の当たりにしてようやく後悔します。

ちなみに前半で、買い忘れ撲滅！　を力強く宣言していますが、それでも必ず。必ず！　買い忘れがあります。悲しい。

スパイスを使う人

私ビックリしたんですけど、世の中には「スパイスからカレーを作る人間」を嫌厭する風潮があるようなのです。「別にえぇやん!!」、と思ったのですが、気になり理由を調べてみると「こだわりが強そう」だとか「細かくてうるさそう」だとか「面倒くさい人そう」らしい。

私は、ハマったら一直線でそれしか見えなくなるタイプで、エスニック料理にハマってからは、家でもバンバン作りまくっている。

私がエスニック料理にハマり出したのは、この時だ！　と明確に覚えているのだけど、昔結構な偏食の時期があった。小さい頃偏食だった、はよくあるかもしれないけれど、私は何故か16歳頃から「野菜食べません！　魚嫌いです！　米は炊き立てしか食べられません！」となり、特にひどい一時期は、サイゼリヤのトリファアイスクリームとコーヒーゼリー、コーラしか摂取せず、毎日せっせこサイゼリヤに通った。「ハマったらそれしか食べない」の究極体だ。

でも22〜23歳の夏、初めて参加してみた音楽フェスで運命の出会いがあった。普段全く運動しない私が突然フェスに行ったわけで、当然の如く軽い熱中症になりぶっ倒れた。水分をとり、何か塩分もとらなきゃ……と目についたのがパッタイの出店。食べた事がないのでひるむも、仕方がない！　と並び、順番が来れば渡されたのはモリモリのパクチー。

だって、野菜食べない人パクチー好きなわけないやん。普段なら無理！　と突っぱねるが、意識が朦朧とした私は夢中で食べた。

「何これ、この世で一番美味しいのでは？」

私は率直にそう思った。本当に美味しかった。私はそれから憑き物が落ちたかのように、文字通りなんでも食べられるようになっていった。その日からエスニック料理が大好きになったのだ。

スパイスを集めて自分でカレーやエスニック料理を作りだしたのは最近で、理由は「なんとなく作ってみたらそれっぽくできた（当社比）」から。小難しそうに見えて避けがちだけど、いとも簡単に本格的っぽい味になるんだよねこれが。

自分好みに辛さも調整できるし、油控えめとか好きな具材で作れたりとか。とにかく自由度も高いし、なんかすごい物をこの手で作り上げたぞって自尊心もあがる。いい事尽くしなのである。

ここまで書いて、最初の「こだわりが強そう」「細かくてうるさそう」「面倒くさい人そう」は確かに的を射ているかもな、私に関しては。と納得させられてすごく悔しい。

集めたスパイス

PAPRIKA
GROUND
パプリカ
CAYENNE
PEPPER
CORIANDER
SEED
GROUND
GABAN
オールスパイス
ALLSPICE
GABAN
GRILL
SPICE MIX
BLACK TRUFFLE SALT

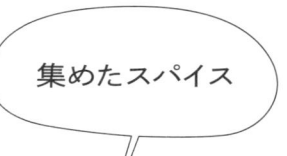

クリームパスタと世紀の発見

私はよく、パスタを作る。なんとなく、お米は1日1食までというマイルールがあるので、必然的にパスタが多くなるんですよね。

私が褒められたら嬉しいランキング、1位が「可愛いね」、2位が「面白いね」そして堂々の3位が「（出した料理を見て）お店みたいだね」なので普段から盛り付けを工夫したり、家ではなかなか作らなそうなものに挑戦したり。

でもパスタって本当に難しくて、なかなかお店の味に近づけないんですよ。家庭パスタも美味しいけど、パスタの茹で加減から塩加減、ソースまで全部難しい！

そこで、私は編み出しました！　お店っぽくなれる技を！（〝っぽく〟の部分をど

うか忘れないで)

それは……

『クリームパスタにミックスナッツを砕いて入れる!!!』

超簡単ですよね。具材は他にきのこ類と厚切りベーコンとか。そこにミックスナッツを入れるだけで、クリームパスタに香ばしさと燻したような香りが加わり、本格的な感じになるのです。カリッとした食感もアクセントになります。

もし、私以外の人類の中では常識だったりしたら恥ずかしいのですが、初めて作った時はまさに衝撃で、私は天才だ! と小躍りしたくらい。

具材もゴロゴロになり、ソースが絡みやすく、なんかすごくすごい(とにかく素晴らしい)料理を作った気になって、私の中で自己肯定感爆上がりレシピの一つになりました。

パスタって同じソースでも、具材一つで全く違う味だったり印象だったりになって面白い。もはやこれは化学ですよ。

ワントーン飯

素敵な料理の定義って難しいですが、なぜか『彩り』を重視されがちじゃない？　私も彩りが良いご飯を作ってる方を見て「うわーオシャレだなぁ……いいなぁ……」と思うけど。

ですが、なにぶん茶色いご飯ばっかり作ってる私は、茶色くても美味しいもん！　という反骨精神みたいなものもあります。

私ってファッションもあまり興味がなくて、色彩感覚が皆無なのです。というのも、彩り豊かなご飯を作ってる方は彩り豊かでオシャレな服を着ている……気がする。偏見かもしれません。かくいう私は、基本モノトーンであったり黒のワントーンコーデばかり。なんならワンピース１枚とかが多い。

もちろん、そういう服でオシャレな方もいらっしゃいますよ。怒らないで。でも〝私は〟正直めんどくさいから黒い服ばかり集めているんです。黒ばっかりだったらどの服合わせても合うだろ、みたいな。それも色彩感覚の無さを自覚しているからです。

だから、ご飯もワントーンコーデならぬワントーン飯。たまに気分でトマトとか野菜を置いてみるくらい。

正直悩んだりした時期もありましたよ、『私だってオシャレなご飯作りたい』って。でも、カレーとかとんかつとか麻婆豆腐とか肉じゃがとか唐揚げとか生姜焼きとかブリの照り焼きとかハンバーグとか、家庭料理ってだいたい茶色いし、それに美味しいものってだいたい茶色い。

それからちょっと開き直って「美味しさ」だけにフォーカスして作るようになりました。

そうすると、例えば小ねぎを散らしたのも彩りじゃんと思えたり、美味しいものを作ると、自動的に美味しそうなものができるなと思えました。茶色くてもちゃんと美味しそうに見えるんです。

映える、映えない。もそうで、美味しいものを作ったらちゃんと映えるなって、それは最近気づきました。

これからも、全身真っ黒な服を着て、まっ茶色で美味しいご飯を作ります。

好きなものなんて、いっぱい入れた方が美味しい

私は基本的にＳＮＳでレシピを紹介する時、分量を全く記載しない。「分量知りたいです！」と言われるたびに心苦しく思った。なんやかんやと言い訳をして、回避したりした。（ごめんなさい）

それからありがたい事に、レシピを紹介するお仕事をいただくようになり、今回の本でもレシピを考えたりする機会をいただきまして。

この際に言わせてもらうと、そう！　私はレシピの分量を考えるのがすごく苦手なのだ。

例えばですね、野菜炒めを作る事にしましょう。

【材料】
・キャベツ　３枚（といってもキャベツが好きな方は4枚でも5枚でもはたまた10枚でも好きなだけ入れてください、嫌いな方はなくても良いですよ。）
・もやし　２分の１袋（といっても……以下同文。もやしって足が早いから2分の1なんて中途半端に残しておけっか！　と思いますよねわかります。私も実は1袋丸々入れました。）
・にんじん　２分の１本（といっても……以下同文。てか常時にんじんなんてねーよ！　わかります。）
・豚肉　１００g（といっても……以下同文。ていうか100gって少なっ！　もっと入れたいわ！　肉なんて多けりゃ多いほど美味いんですから！）（ちなみに、上記以外のものを入れてもいいし入れなくてもいいです。その時冷蔵庫にある野菜なんでもかんでも入れてください。逆にもやしだけでもいいですし。てか今セット売りみたいに野菜炒め用パックみたいなの売っててあれ超便利だよねー！　あれがいい、あれにしよ。）
・鶏がらスープの素　小さじ１（といっても味が濃いのが好きな方はもっと入れていいし、薄いのが好きな方は少なくしてもいいです。各自調節してください。）
・オイスターソース　大さじ１（といっても……以下同文。てかオイスターソースねーよ！

という家が多いかもです。そうですよね。)

・塩胡椒　適量（といっても……以下同文。なんならね、塩胡椒だけでもいいんですけどね。こんな事言っちゃなんですが、塩胡椒効いてりゃなんでも美味しいですもん。)

・ごま油　適量（これだけは絶対に使ってください。マジで。ごま油とサラダ油とではマジで違うので、ここだけは厳守お願いします。)

【作り方】

①まず、キャベツと肉を一口大、にんじんを短冊切りにしてください。（といっても、切り方なんてなんでもいいですよ。なんならキャベツも肉も適当に千切ったらいいし、にんじんはピーラーとかで適当に薄くしたり。洗い物なるべく増やしたくないよ。)

②フライパンにごま油をひき、肉を炒め、その後にんじんを追加します。軟らかくなればキャベツともやしを入れサッと炒めます。（パリパリの野菜炒めが好きな方、しなしなの野菜炒めが好きな方、様々いらっしゃると思いますので都度お好みで変更してくださいませ……。)

③調味料を入れ、サッと炒めたら、皿に盛る。（香ばしいのが好きな方はわざと少し焦

がしたりしてください、ていうかサッとってなんやねん。そもそも「サッと」には個人差があるじゃないか。と文句の声が聞こえてきそうですが、各々が思う最高の「サッと」の瞬間に合わせてもらえたら幸いです。）

……くらい書きたくなっちゃうんですよ!!　みんなに寄り添ったレシピを考えすぎるあまり、全て語尾に「まあ人それぞれですけどね」と入れたくなってしまう。

そんな苦悩を乗り越えて、レシピを考えております（恩着せがましい）が、みなさん本当にお好きにアレンジし、味見とかしながら、好き勝手アレンジして作ってください。

料理はレシピ通りにしなきゃと思うと疲れるし、料理は自由度が高いからこそ面白いんです。好きなもの入れたらいいし、家にある調味料で済ませてもいい。失敗したら、笑って済ませようじゃないですか。不味い料理なんてなかなか作れないんだから。（笑）

レシピは四季折々、一期一会

最近、レシピを気にするようになった。みんなが真似したいと言ってくれて、簡単なレシピをあげるようになり、「どうしてそんなにレシピのレパートリーあるんですか？」と言ってもらえるようになり、そこである事に気づいたんです。

「私今までレシピなんてないも同然だったな」

というより、レシピが定まってなかったというのが正しいのか……。

例えば「今日は何作ろうかなあ、そうだ！　こってりした肉食べたいから、茄子と豚の甘辛味噌炒めにしよう！」と欲望に任せ、その時一番食べたいものを決める。

そして冷蔵庫を開け「あれ、茄子1本しかない。パプリカ使っちゃいたいし、入れるか。あとネットできのこは何かしら体に良いみたいな事書いてあったな……舞茸も入れよう！」と冷蔵庫の中身と相談しながら選抜する。

さてお料理をはじめました。

「今日はガッツリ食べたいから、にんにくは多めに刻んで～、白米に合うようにごま油使おうかなあ！　でも最近食べすぎだし、油たっぷりの揚げ焼きはやめて、普通に炒めよ」と、その日ならではの決め方をする。

いよいよ味付けだ！

「今日は暑いし、辛めにしたいから豆板醤いつもより多めで、味噌いつもより少なめにしておしょうゆ少し足したらもっとお米に合うかも！　それからみりんとお酒と……砂糖じゃなくてハチミツ入れてみよ！　あと、ごまたっぷり♡」という具合に、今欲しい感じを追求する。

それから最後の盛り付けでも、
「あ、大葉あったんだ！　刻んでたっぷりのせてさっぱりさせちゃおー！　野菜たっぷり！」と、アドリブ炸裂。

そんな感じで、その時の気候だったり季節だったりで旬のものを入れてみたり、体のコンディションで味付けを変えてみたり、冷蔵庫の少し残ってる野菜を救済したり、ノリとテンションで目の前の棚の調味料いろいろ試す冒険をしたり……。踊るように生きる自由人の私なので、もちろん料理も踊りながらするのですね。

フンフーンなんて鼻歌を歌いながら「さあお食べ」とテーブル（猫の額ほど）に出す。

「あれ、今日オイスターソース入れた？」なんて言われても「まあ、入れたような気もするし入れてないような気もしますわね」としか言えません。色々その時の気分でしちゃうので、いちいち覚えていない事に自分でもビックリ。

最近はレシピを考えたり記したりが多いから、覚えているように気をつけたり、調味料の分量なんかも気にしちゃったり！

でも、でも、みんなも私ぐらい自由にその時の気分で料理してほしいな、なんて思う。脳と心と体が求めてるものに素直に従うのも、大切！

毎食ご飯を作るという事

子供の頃って、朝昼晩とご飯が食べられるのが当然で、それについて考える事なんてなかった。ご飯が普通に出てきて、毎度しっかりお腹いっぱいになる。当たり前と思う事が良いか悪いかではなく、そこに一つも不安を覚えさせないよう食べさせ育ててくれた両親に感謝している。それこそ当然ではない。

平日の昼は学校で給食だけど、朝晩は家でお母さんが作ったご飯を食べる。お母さんが専業主婦として家にずっといた記憶が少ないので、ほとんど働きながら私たちきょうだいにご飯を作ってくれていた。

当時はなんとも思わず、それが世間的にもフツーで、私も大人になったら家族を持ち、そうなるのかなとぼんやり思っていた。

でも大人になるにつれて、働き出してからは特に「私には無理かもしれない！」そう思うようになる。

今、在宅で働く私。1日多くて2食。それも多くて一汁一菜。ワンプレートどーん！　な事が多い。そんな内容でも、

「なんか、私一日中キッチンに立ってない？」
「さっき作ったばっかりなのに、もう夜ご飯？」

などと思う。料理は趣味だと言い、好きでやっている私ですらそうなのだから、ご飯作る人、みんな思ってそう。

よく昼ご飯後すぐ「夜ご飯なに？」と聞く私に「もう、さっき昼ご飯食べたばっかやのに？」と言った母の気持ちが、今痛いほどわかる。

母は忙しいながらも、料理では市販品の「〇〇の素」的なものを一切使わない

人だった。そんな母を見て育ったからか、私も基本使わない。

信念として「絶対使わないぞ！」と思っているわけではないが、作れるものは自分でなんとかして作る。という母の教訓が体に染み付いているようだ。

昔から私は外食した時に「これ○○入ってるな」と生意気にも調味料を推理したりしていた。今でも外で食べた美味しい料理を、舌の記憶だけで家で再現したりする。こういうのをひっくるめて食育というのかな？

母は最近「今まで料理作りすぎて、もう何も作る気おきへん。全然料理してへん」と私に言う。きょうだい3人とも巣立ち、お父さんと2人で住むようになってからそうなったと話していた。

でも私は「(お母さんの事だから、そう言いつつ作ってるクセに)」と思っている。だって、久しぶりに帰省して食べる料理はやっぱりどれも美味しいんだもん。いまだにモリモリ食べるきょうだいのために、キロ単位で唐揚げを揚げてくれる母。

お母さん、私はまだお母さんみたいになれないし、この先なれるかもわかりません。ハードルが高すぎます。

世の中のお母さんすごすぎ、頭があがらん。

作 ちゅちゅちゅ
漫画 23

あの席の人たち
EPISODE 3

例えばこの人
なんかまじめそう
ちょっとこわい
厳しいんだろうな
人にも自分にも
なんか…うちの
お父さんみたい
おまたせしました〜
キャッ
キャッ
うわ〜〜〜
美味しそう！
ありがとうね！
あれ、
はずれた

この子は…すごく大人しそう
悪口とか言わないいんだろうな感じが良くて誰にでも優しくて
でも、利用されたりいじられても強く言い返せなかったり
それで騙されたり傷ついてもニコニコしてたり…お姉さん心配になってきた
お姉さん1人？
よかったら一緒に…
今、食事中なので
というか彼氏いるから
あれ、またはずれたっぽい

この人は…
きっとすごく論理的で
文化的な生活してて
家には本とか
沢山あったり
シンプルが好きで
健康志向で
オーガニックの
食材で自炊とか
してたりして…
チラッ
ナニソレ
ナニソレ
良すぎるだろ

なんなの？
人は見かけに
よらないってか…？
ちょっと!!
え
すいま…
せ…

ま〜〜〜〜〜た
ばんっ!!
アレやってんの?
人間観察!
びっくりするじゃん
あとそのダサい言い方やめてよ

みんな意外と〝っぽくない〟なって見てたら
は?
あんたが一番意外だから安心しな
てかなんで隣…
チョコパフェで!
かしこまりました
どうしたの
いーじゃんたまには

あとがき

喫茶店好きなんですよ。喫茶店で１０００円くらいのコーヒーを頼むと、大人になった事を実感する。文庫本を読むと尚更、素敵な大人になった気がする。したり顔でコーヒーを啜ったりしているけど脳内では「(高くて頼めないだけで、本当はチョコレートパフェ食べたいよぉ……)」と考えてます。みんなもそうですよね？

EPISODE 3

「食べ物はひたすら幸せであってほしい」が私の願い。でも、世の中厳しすぎ。食べるのが怖くなったり、食べても罪悪感を感じたり、悲しいよ。悲しすぎる。でも若い頃って、それも必要なのかな。私はずっと誰かに「大丈夫、食べてもいいじゃん。可愛いよ」そう言ってほしかった。

今、歳をとり、思った。私がみんなに言ってあげたい。どこの誰かもお互いわからないけど、無責任にそう言ってあげたい。たまにはそういう人がいてもいいじゃんね。私が何度でも何度でも言うね。「いっぱい食べて偉いね」

みんなが悩んだ時に、美味しいお菓子でも食べながら見てほしい、私からのメッセージ。

第4章

いっぱい食べて偉いね

自炊を継続させるコツ

自炊を続けるにはどうしたら？　という質問をもらいますが、ワタクシですね全然継続できない人です。とにかく毎日3食作るなんて私にはハナから無理な話だから「うちは1日2食！」と宣言してあるし、作りたくない日は「今日は作りたくないでぇ～す！」と言います。

何より、私は凝り性でハマり性でそして熱しやすく冷めやすいタイプなので、何かに熱中しだすとそれしかやりたくなくなります。だから料理にハマっている時期はガッツリ作るけど、楽しい事を見つけたらフラフラそっちに行っちゃう。それで、数年料理しないみたいな時もあった。

こんな私が言っても説得力がないかもしれないけど、継続できていない時は「まあそういう時期だな〜仕方ない」と思う。継続するコツは、継続を自分に強要しない事。こういうところかもしれない。

「あぁ私は料理をサボったダメ人間だ……」などと思う必要はない。

だって現代はフードデリバリーも充実していて、コロナ禍でテイクアウトできるお店も増えた。安価で美味しいものも多くある。料理しなくても余裕で生きていけるやん。逆にそんな便利な世の中で料理する方が偉すぎる。

家族ならまだしも、料理は義務じゃなくて喜んでもらいたくてするサービスでしょ。やりたくない日は「やりたくな〜い♡　ウーバー頼んで♡　私のぶ・ん・も♡」と甘えたらいいのです。

私は料理が好きな事もあるけれど、すごくストレス発散になる。頭が不安でいっぱいになった時にも料理をするとスッキリする。

そして料理を作り上げる達成感とともに「こんな素晴らしく美味しいものを作

れる私は、良い人間に違いない。天才すぎるし優れた人間」と自己肯定感も爆上がりする。

そういう意味で、必要な時間でもあるのだ。こんなの「やらなきゃいけない」にしてはいけない。嫌になってしまうじゃないか。

料理は義務ではなく趣味！　強制されては趣味ではない！

これくらいのメンタルでいるのが、自炊を継続させるコツかも。好きでやってるから、やりたくない時はやらない。それで良いじゃあないですか。

私、料理が大好き!!

なんだか「料理が好きです」って言いにくい世界。男性に言えば「家庭的アピール？　媚びてる？」と思われ、女性に言えば「マウント？」と思われかねない。それに料理が趣味と言うだけで「さぞ、手の込んだ立派な物を作るのか？」と勝手にハードルがあがる。

そもそも、上手じゃなくても詳しくなくても、好きって言っていいじゃないですか！　別に、そこを目指してもいいし目指さなくてもいい。趣味ってそんなものじゃない？

前に、とても意地悪な話をどこかで見ました。「料理が趣味です！」っていう女の人は本当に料理ができるのか？　確かめる方法として、親子丼の作り方を順番に言ってもらうってやつ。

「玉ねぎを切って〜鶏肉を切って〜」から始めると、「いや、普通ご飯を先に炊きますよね？」という事で、ダウトらしい。何がやねん。オメェーが炊けばいい話だろ！　なんて意地悪なんだ！　とめちゃくちゃムカついた記憶がある。

世の中には悪意が蔓延っているとは思わないけれど、そういう事して試してくる人っていちゃうんですよね。


別に月に1度しか料理をしなくても、極めるために唐揚げしか作らなくても、洗い物減らしたくてワンプレート飯ばかりでも、茶色飯ばかりでも、栄養なんてちっとも考えず好きな物ばかり作っていても、お菓子作り専門でも、人に振る舞うのが好きで人のためにしか作らなくても、自分が食べるためだけに作っていても、なんならこれから作りたいなと思っていても、だれもかれも、料理が好きと言っていいんですよ。

意地悪するのが目的の人に、あなたの好きを否定する事が、あっていいわけない！

ご飯を食べなきゃ生きていけないんだから、料理をしたり、好きと言う事のハードルが下がればいいなと心底思う。

私がこれからもどんどんハードルをぶち下げていくので、みんな私の後に続くんだ！

嫌いな食べ物

好き嫌いってあるじゃないですか。ありますか？

私って食材というくくりではほぼないんですが、調理法的な意味ではあります。例えば「生ねぎしゃきしゃきソース」とか「パリパリの野菜炒め」とか「シャキシャキ野菜サラダ」とか、とにかく歯応えや食感を残した調理法が、正直苦手です。


野菜がダメなのか……？　いやいや、クタクタのねぎ大好きだし、しなしなの野菜炒め大好きだし、柔らかいルッコラとかロメインレタスなどの葉野菜のサラダ大好きだし……。

「私はシャキシャキですよ!!　いかがですか！！！」と主張の強い生野菜があま

り得意でないのだと思う。
なので、調理法で自分の好きなようにできる自炊が大好きなのです。主導権は私！　好きにやらせてもらうわよ！　と。

大人になると確かに好き嫌いは減って「私これ絶対食べられません！」より「食え！　と言われたら食べますけど、好き好んで食べたくはないな……」というものが多くなりません？
だからこそ、そもそも大人になって「これ苦手だなあ」と思うものを、無理に食べようとしなくていいんじゃないの？　と思います。そりゃあ好き嫌いが無いに越した事はないけど！

それに私、若い頃に一時期すごい偏食で。魚食べません。野菜食べません。パン嫌いです。米も炊きたてしか食べません。飲み物ジュースしか飲みません。みたいな日々を10代中盤～20代過ぎたくらいまで過ごしていたんです。小さい頃は食も細かったみたいだし。

それが今や、なんでも食べられる、食べるの大好き食オタクになったわけですよ。弟なんかも、私より偏食でガリガリの少年時代を過ごしていたのに、今はムキムキのマッチョです。最近「自炊して野菜炒め作ったりしてる」と聞いてお姉ちゃんは、ひっくり返りました。

要するに何が言いたいかというと、人は変わるというのと、ちゃんと大きくなれるという事です。偏食のお子さんを持つお母さんなど、とても心配かと思いますが、私たちみたいな例もあります……！

大人のみんなも、好きなもの食べて、幸せで、生活に支障が出ないくらいに健康ならそれが一番じゃないか！（持論ですよ……一応）

買い物に行った日のご飯

会社の同僚や先輩との飲みとか、昔から正直苦手。昔、勤めていた会社の忘年会に渋々参加し、みんなおしゃべりに夢中なようだったのでここぞとばかりにお刺身を食べて「みんなの事考えなさい」と怒られてからちょっとトラウマ。これが空気を読めという事か……。だってみんな全然、手つけないんだもん。社会ってムズかった。

今は会社に勤めていないため、空気も読まなくていい。（よくはない）

それでも、仕事をやり遂げ「今日はパーッと行っちゃいますか」的なアレ、正直憧れます。人間は矛盾した生き物ですから。

そこで、社会に適合しきれない私なりの「パーッと」は、買い物に行った日に食べる、お刺身かステーキになった。

お刺身やステーキは、まずその名を聞くだけで高揚し、気分がブチ上がり、この世に生まれてよかったと生命の神秘に感謝したくなるじゃないですか。

まず、お刺身って私お得意のなんでも冷凍してだいじにだいじに保存するという技が使えない。ステーキだって、そのまま焼いた方が美味しい。そのため、買い物に行った日か遅くて翌日頃までしか食べられない。そんな、か弱くて儚い（賞味期限的な意味で）ところにも、特別感が生まれる。アイドルのどうにも目を離せないセンターに選ばれる子は特有の強さ・儚さ・危なっかしさがある。

刺身やステーキも、

・強さ（食べ物的に豪華でメイン中のメイン）
・儚さ（先程も言った、冷凍保存できないが故の賞味期限の短さ）
・危なっかしさ（美味すぎて食べすぎる上に米にも合いまくるのでカロリーの上限が無限）

を兼ね備えている。これはもう社会的に言う「パーッと行っちゃいますか」そのものじゃないですか。

こちら抜かりなく究極の「パーッと」を狙っているので、ステーキはもちろんサイコロステーキではありません。１５０ｇ～２００ｇの塊を絶対に選びますし、お刺身だって４種類２枚ずつの盛り合わせではなく、ドーンと柵を３種類くらい買って「私が考える最強の刺し盛り」を作成。

そんじょそこらの生半可な「パーッと」とは違います。こちらも本気で「パーッと」したいので。

ほら、家で「パーッと」すると、上司に気を遣って食べるものや量も気にしなくていいですし、愚痴も聞かなくていい。今の時代あるかもわからないけど、お酌もしなくていいし、ただその人が気持ち良くなりたいがためだけに始まる説教もされない。好きな映画や音楽を流しながら、好きなものだけを机に集めて楽しめる。とりあえずのサラダも挟む必要がない。

そう考えると『おうちパーッと』も悪くない。社会に適合できないなりの、ちょっとした世間への抵抗の末に編み出された技。疲れたらお試しあれ。

幸せな勘違いの連続

私、ポジティブなのかな？　わかんないけど勘違いヤローだとは思う。「私ならできる」とか「私って天才なのかも」とか「私ってほんとキュートなおもしろギャル！」とか。

それを踏まえて、ポジティブって結局「幸せな勘違いができる人」だと思う。『思い上がるのはよくない、デキる大人は謙虚！』説もありますが、脳内で何を思うかなんて勝手ですからね。

私は全く謙虚になれないタイプで、担当編集さんに「あの投稿すごく伸びていましたね！」などと言われたら「でへへ〜すごいでしょ〜嬉しい〜」などバカ丸出しの顔で返してしまいます。

多分、それができないんだよなぁ……って人は「表向きはこう言ってくれてるけど、実は思っていないんじゃ……」とか「調子のってるとか勘違いしてると笑われたくない……」とかの気持ちがあると思うんです。

私も昔は思ったりしていました。自尊心が低いというより、プライドから「バカにされたくない！」と構えて予防線を張りまくったり。でも、ある程度歳をとると、良い具合に肝が据わったようで「言葉通りに受け取って何が悪〜い！」と思うようになりました。図太くなりましたねぇ神経。それに、構えすぎるのも失礼じゃないかな〜？　って。

ＳＮＳでも「美味しそう〜！」と褒めてもらうと「ありがとう！」と言います。その場合のありがとうは「（褒めてくれるあなたの優しさに対して）ありがとう」です。

それに加えて「好きなものが一緒で嬉しい！」って返したり。可愛いねとか趣味良いですね、に対してのありがとう！　も同じだと思います。

それに対して「クックックッ……本当は嘘だけど勘違いしちゃって……バカめ……」なんて思う人がもしいるならば、その人がヤバいので、放っておきましょう。褒めた人だって、あなたの事が好きで喜んでもらいたいから言ってくれてるに決まってるんですから。

そうやって小さな事から大きな事まで、褒めてくれたり評価してくれたりした人の言葉を真っ向から受け取り噛み締めているうちに、いわゆるポジティブっぽくなれる気がします。

その方が、どう考えてもみんな幸せじゃん！　と私は思います。

本当に丁寧な暮らし

私はXを見ていて思う。「みんなオシャレな生活しすぎちゃうか!?」と。広い部屋、オシャレな服、数多くのお皿やインテリア……。

私の投稿をいつも見てくれている人は気づいているであろう、だいたい同じ皿。全部が同じ場所の写真。その他の普段の情報なし！

だって部屋広くないし。服興味ないし。お皿そんなに持ってないし。インテリアはオシャレだけどそれは私が元々集めたものじゃないから、私の功績には当たらない。

そもそもね、私は重度のひきこもり体質で、オシャレな場所どころか最近は外食も月1～2回。この前なんて、この本の担当してくれてる編集さんとご飯に行った時に、

「私この前の打ち合わせ（約2週間前）以来に外出ましたよ～」とヘラヘラ言ったら「本当ですか？」と心底驚いたような表情をされた。

こんな人間なのでフォロワーさんから「憧れます！」ってほめられ方をすると罪悪感から「あ、え？　マジすか？」となんとも煮え切らない返事しかできなかったりする。

よく「丁寧な生活」について考える。私はずっと丁寧な生活をオシャレな生活と同義だと思っていた。そして、センスが良くなければ丁寧な生活を名乗ってはいけないとも思っていた。

でも、なんか最近開き直って、

「丁寧な生活っていうのは自分を大切にする事だから、オシャレじゃなくてもいいじゃないか！」と声高らかに言っている。いや何も私は、

「オシャレな人ずるい……憎たらしい……金持ちめ……庶民の気持ちはわかるまい……ぐぬぬ」

と、オシャレな人を目の敵にしているわけではない。逆にそういう人を、

「丁寧な暮らし（笑）意識高っ（笑）」と小バカにするような風潮も嫌だ。共通の敵である。そもそも何をオシャレと思うかはそれぞれの感性だし。

それにセンスというのは「良い、悪い」ではなく「（自分と）合う、合わない」しかない。SNSには自分を審判者だと信じて疑わず、すぐに人を良い悪いと審査してくる人がたくさんいるけど、それは無視しましょう。

自分が生きる世界を好きに作り上げる事は、生きやすさに繋がる。自分のテンションが上がる方を選び、自分がやりたくない事は極力やらなくて良いように考える。そうやって自分を大切にする事が丁寧な生活ではないだろうか。

その点、自炊はお手軽に「自分を大切に扱っている感」が出る気がする。でも疲れた日には何にもせずに、ウーバーを頼んでジャンクフードをたらふく食べる。それも自分を丁寧に扱っているのに違いはない。と自分の自堕落な生活を正当化してみました。

2週間家から出ず、ひきこもるのは絶対絶対丁寧な生活ではない。たまには出て、誇らしい気持ちになるか。

お腹はいつだって空いてくる

自分を大切にするって難しいですよね。特に悲しい時って、自分でいる事が嫌になったり、何も上手くいかない時は世界中のみんなから嫌われてるような気がしたり。そんな中、SNSで丁寧な生活っぽい事をしている人を見ると、自分と比べちゃって「私なんて……」とイジけてしまう。私もそれ、よくやっちゃう。

そういう時に「自分へのご褒美に」って少し贅沢してみたり、割り切れる場合はまだいいですよね。でも、めちゃくちゃめちゃくちゃもうここが精神のどん底だ、みたいなところまでいっちゃってると「何も頑張ってない人間がご褒美なんて」と思って後ろめたい気持ちになる。

もうそういう時の対処法って私の場合、これ以上寝られないってくらい寝腐って、そうしたらいずれお腹が空いてくる。そこで簡単にうどんを作る。あったかい素うどん。つゆの素みたいなのは使わず、パックだけど出汁をとる。贅沢に2パック入れちゃう。そうやって、ちょっとだけ手間をかけると自分を大切に扱っている気持ちになる。あ、玉子入れるのも忘れないでね。

何もそういうのは人にやってもらわなくても（やってもらいたいけど、ね笑）自分でも自分を大切に丁寧に扱う事ができるんだな、意味があるんだな、と気づいた。それからは、普段からちょっとだけ自分を丁寧に扱うようになった。主に料理でだけど。例えば、丁寧な煮込み料理をたまに作るとか、チーズをいつもより少し多めに入れるとか、ちょっと時間かかるけど野菜を揚げ焼きにしてから入れるとか、仕上げにパセリをふりかけるとか、いつもよりほんの少し高い方のお米を買ってみるとか、粉チーズじゃなくかたまりのチーズを削るとか、ほんとにちょっとした事で。

それでも自分を大切にされてると体が思うからか、ちょっと調子が良くなる。自分を大切にするのは自分でもどうやらいいっぽい。

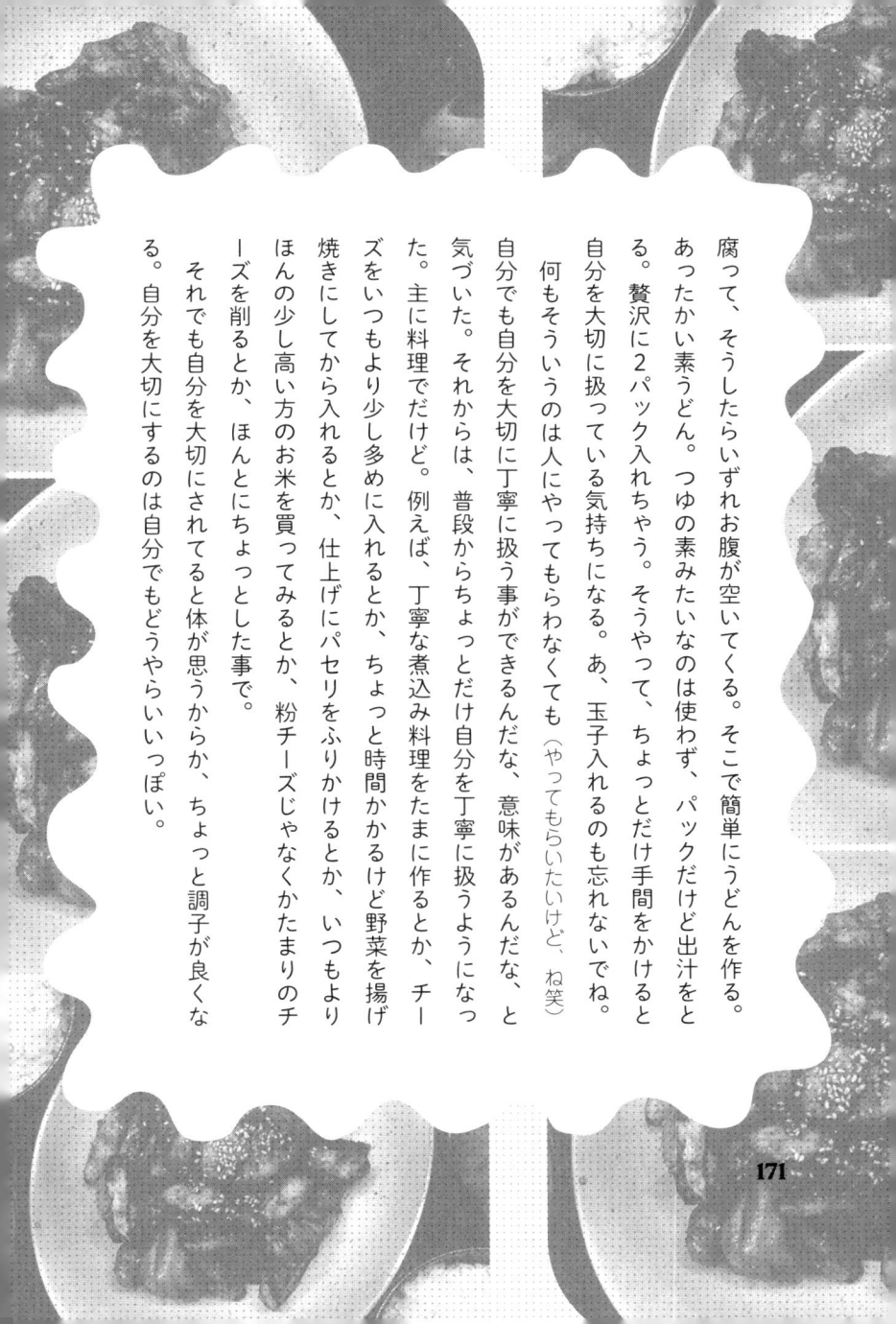

食に興味のない人

私が20代初期の頃、初対面の人もいる飲み会に参加した時に、食の話をしてたんです。確か「どこのお店が美味しい」とか「この時期はあの食材が好き」とか、そんなたわいもない話。

そこに他の男の子が「何の話してるの？」と交ざってきたから、簡潔に「食べ物の話だよ〜！」と答えるとこう言われたんです。

「え、何それ一番つまんない話じゃん」

と。私、心底ビックリしちゃって。食べ物の話がつまらない……？　嘘でしょ。脳に雷直撃。信じられませんでした。

悪意があったとかなかったとかでなく、当時から引きこもり体質であまり人と接してこなかった私は、素直に「そんな人も世の中にいるのか……」と新しい知見を得て興奮したのを覚えています。変な人だ！　って。

たとえは難しいのですが、私は服に全く興味がないので、人と買い物に行くと「おんなじ様な服持ってなかった？」と言ってしまい「いや、そうだけど違うんだよ！」と熱弁されて「（やれやれ……）そうですか」というやりとりをよくしてしまいます。

そんな感覚ですかね。相手の気持ちを考える考えないの前に、わからないのです。

要するに世の中には「食に全く興味がない」人がいるって事。我々、食オタクには頭を抱えるほど衝撃的ですよね。知ってました？

簡単な例で言うと「旅行に行っても食には興味ないからコンビニ飯でいいや、並ぶなんてもってのほか！」ですかね？　これを読んでくれてる人は、多分旅行先を決める時「何を見たいか」ではなく「何を食べたいか」で決めるタイプの人でしょう。だから我々は仲間なのです。

結局ずっと仲良くいられる人は、そういう人になってくるよね。音楽の趣味や好きな映画が全く違っても仲良くなれるけど、食はついてまわるものですから。

中には「この人は面白いからファミレス6時間コースでも全然あり、むしろそれがいい」みたいな友達もいるけど。

色々考えてみたけど、やっぱり「それの何がオモロいん？（笑）」って言われるの嫌だよねー！　元も子もない事を言えば、そういう人とは根本的に合わないだろうからお互いのために付き合わない！

もしくは付き合わざるを得ない（会社の人とか家族とか）人ならば、食の良さを息継ぎする間もなく永遠に語り続け、「（なんやコイツめんどくさ、もうこの話題出さんとこ）」と思わせるのが一番かもしれません。

1日1回以上幸せになれる魔法

人生が楽しいばかりの人なんていません。楽しい時もあれば辛い時もある。当たり前だけど。

「人生が楽しい」という人は、楽しい時の記憶を引き出しから定期的に出して眺めたり、いつでも見えるようなところに飾ったりしてる人。

「人生が楽しくない」という人は、今現在が楽しくない！　苦しい！　で頭がいっぱいになってしまう。

綺麗事言うな！　という声が聞こえてきますが、わかりますわかります。わかってます。

じゃあ私が苦しい時にする事といえば、

・ぎゃーぎゃー大泣きする
・好きなもの爆食いする
・疲れたら寝る
・全ての連絡をシャットアウトする

やりすぎだろ！　という声が聞こえてきますが、本当にすみません。でも持論として「時間薬」というのは確かにあって、その辛い時間をなるべく寝て早送りするんです。私は飽き性な性格もあり、そのうち〝悩み悲しんでる事〟自体に飽きてくるのです。

でも、逆に楽しい時は「たのしいたのしいたのしい！」と騒ぎ、「あなたと出会えてよかった、そうあなたと出会ったあの日は……」と恥ずかしげもなく語り、「私、いまとっても幸せよ！」とプリンセスよろしく目を輝かせたりします。

人間の脳って結構単純で、それはもちろん自分の脳も例外ではなく、口にする事で脳までしっかり幸せだと認識するんです。

幸せのハードルが高い場合は大変ですよ。それも人にそれを託すのは悪手です。

・この人は求める事をやってくれないから不幸せ
・誰もわかってくれないから不幸せ
・この人は私を好いてないかもしれないから不幸せ

など、その地点から幸せに持っていくのは難しい。それならば、自分で幸せを作った方が早いです。私なんかは幸せのハードルがだいぶ低いので、面白い映画見つけたら幸せだし、安い肉買えたら幸せだし、家に帰った後に雨降り出したら幸せだし、煮込みが上手くできたら幸せだし、一緒にいる人がご機嫌なら超幸せ大好き。

人生が楽しくない人ほど自炊をオススメします。１日１回以上は幸せになれますから。出来立ての美味しいもの食べるの、心にだいぶ良いです。脳にわからせてやってください。

そんなに若くない女になってから生きやすくなった

ある日「〝そんなに若くない女〟になってから生きやすすぎる。ガチで快適人生」とXに投稿したら、9万いいね以上の反応があり、様々な意見をもらった。ほとんどは女性からで、「私もです！」「本当に若い頃より生きやすい」などの好意的な意見だった。

中には「ババアの開き直り」「こうはなりたくない」「私はいつまでも若々しくいたい」「生命を終わらせろ（マイルド意訳）（2文字の言っちゃいけないヤツ）」などの反対意見や過激な反応もある。

まず、私はXで誰かと議論を交わす気がない。それには2つ理由があって、

①娯楽として楽しむために利用するSNSでストレスを溜めるのは本末転倒

②どうしてもわかり合えない人は絶対にいる

だと思うから。なにも「反対意見なんて聞かない！」というわけではなく、全てのコメントを見て「なるほど、そういう考え方もあるんだね」と思ったりする。でも、だからこそ「私はこういう意図で書いているからあなたの意見は間違っています！」と主張する事もない。

20歳くらいの頃は「なんでわかってくれないの？」と相手に求めたり「あなたは間違っているから教えてあげる」と言わんばかりに人の思いを訂正しようとしたりした。全力で全ての人と向き合い、わかり合おうとぶつかった。

でも、様々な人間関係やコミュニティを経て「人を変えるのはすごく労力がいる。そもそも様々な意見があり正解なんて誰にも判断できない」という事がわかった。全ての人と話し合えばわかり合えるなんて事はありえない。

悲観的にそう思うのではなく、それは仕方ない事で当然の事だと思う。

恋愛に対してもそうだ。私は若い頃、無意識に「女は選ばれる側」と信じて疑わなかった。それに「大切にされたい」「何かを与えられたい……いや与えられるべき」と強く要求し、自分の思う扱いをされないと「私はちっとも愛されていない」と悲観的になった。

大切にされたければ、コチラも大切にする。という当たり前の事をちっともわかっていなかったみたい。

「若いから」という事でチヤホヤされる事もなくなり、寄ってきてくれるのは人間性や感性を好いてくれる、本当の意味で自分を見てくれる人だけになった。邪な気持ちで寄ってきて思ってもいない褒め言葉を言う人も見抜けるようになり、無駄に傷つく事もなくなった。

これらは、全て年齢を重ねて色々な経験を経て、わかった事だった。若い頃にも同じようなアドバイスをしてくれた人がいたかもしれない。でも響かなかった。自分が痛みを経験し、やっとわかった。

そういう意味でも「〝そんなに若くない女〟になってから生きやすすぎる。ガチで快適人生。」なのだ。

大人になって丸くなったなあと思ったけれど「生命を終わらせろ（マイルド意訳）（2文字の言っちゃいけないヤツ）」というＤＭが来た時だけは頭にきて、運営に報告した。なんだテメェー。やんのか～？　と思いながら。

全てを笑顔で許すのが大人ってわけではない！　自分の精神を適切に、また穏便に守れるのが大人だ！　なめるなよ！

全然まだ本当の大人になりきれてない〝そんなに若くない女〟。

若くなくなる事って何かを失う事と思ってしまうかもだけど、案外悪いものじゃないね。私は今の自分の方が大好きです。

愛だの恋だの

担当編集さんと打ち合わせをする。ここだけの話、私たちは打ち合わせと銘打って、だいたい関係ない身の上話に大半の時間を費やす。
この前なんて、会って開口一番「良いお知らせがあって！」と言われ、お仕事の話かな？　と、ワクワクしながらなになに？　と聞き返すと「私、好きな人できたんですよ！　久しぶりに！」と言われ、なんだこの面白い女。大好き。と思うなどした。

「自分が好きになる人と自分を好いてくれる人、どちらがいいんでしょう？」という話になり、私はこう言った。

「そんなの、私もあなたが大好き！　あなたも私が大好き！　の方がいいに決まってるじゃないですか」

私は、だいたい恋愛の相談を受けてもこの調子なので、正直嫌がられる。そんな事はわかってんだよ！　と顔に書いてある。

私も恋愛でうまくいってばかりの人生では決してないのだけれど、好きになった相手が自分を選ばない場合「私を選ばない……？　本気……？　私だよ……？」とドン引きしてしまうという恋愛においては強靭なメンタルをしているのだ。それが良いかは別として。

私はだいたい好きになればごり押しで、「好き！　大好き！　付き合いたい！　付き合う!?」と迫る。一度「そんなに焦らないで」と言われた時、焦るとは？　好きか好きじゃないかしかなくない？　と思い「そっか、わかった！　じゃあ、さいなら〜」って感じの事をメールで送った。

駆け引きとかじゃなく、白黒思考の私は「え〜そんな感じ？」と思い、引こうとした。結局、奇跡的に付き合えたのだけど。

誰にも選ばれない、とか、好きな人に選ばれない。という悩みのDMもいただくのだが、この恋愛自尊心逆バグり女から一言言いたい。

〝選ばれる側〟という意識は捨てて、〝私が最高にイケてるあなたを選んだ末、あなたにも最高にイカした私を選べる選択肢を、特別に差し上げますわよ〟と。常に心は爆イケ女メンタルでいたらいいんですよ。心の中でどう思おうが自由だし。実際、対面でも「私はプリンセスだからね」とか平気で言っちゃうけど。「はいはい、プリンセスでちゅもんね～」とか言ってくれる人を選べばいいのです。

「嫉妬深い自分が嫌で……」ってDMももらったのですが、私もめちゃくちゃ嫉妬深いし、「こんなに独占欲強い女出会ったの初めて」と言われるレベルです。そこまで大好きな人間に出会えてハッピーじゃないですか。付き合う前に私めちゃくちゃ嫉妬深いですよ！　とアピールして覚悟をしてもらいましょう。

「私、ヤキモチやきだけどなんでそんなに耐えられるの？」と聞いた事があるけれど「自分の欠点とかダメなところも何でも許してくれるから、俺も耐えられるよ」と言われました。耐えてるって感覚やったんかい……とは思ったけど、まあ許されていたらしい。

思うけど、恋愛って駆け引きするよりは、魂のぶつけ合いっぽい方が許される傾向にあるんじゃないかな。どうしてわかってくれないの？　じゃなく、私こういう感じですけど大丈夫？　と素直に開示し、無理そうならお互いの落とし所を探すために時間を割く方が、末長く良い関係を築けると思う。

そもそも、恋愛で自分の価値を測り、相手に見初められなかったら自分は認められない存在……とそんなふうに考えなくて良いのです。素直に生きて、大切にしてくれる人をそれ以上に大切にし、愛している人に愛を伝え、もらった以上の愛を返すつもりでいれば、対等に尊重し合える人に必ず出会えるはずです。

しめ

今、この本を全て書き終わったところ。エッセイを書く上で、過去から今の自分と向き合う時間が多くあり、正直疲れた。自己開示って相当エネルギーが必要って事！　嫌な事も思い出したけど、それ以上に私の人生は思ったよりハッピーかもと思えた。それだけで、この本を書けた事に感謝してもしきれないです。

「ご飯は、ひたすら幸せなものであってほしい」

という思いは相変わらずで、少なくとも私を何かで知ってくれた人達には、それを感じてほしかった。この本が少しでもその助けになれれば幸いです。

辛く悲しい事って絶対あるんだよね。それが自分のせいで仕方ない事でも、実際辛いし。真面目に生きていても、誰かに通り魔的にイタズラに傷つけられたり。

自分が人を傷つけたくせに、後からそれを思い悩んじゃったり。

人間だから傷つき傷つけられ悩む事からは逃れられない。そんな時に、美味しい物を食べて「美味しい」と思える人は強い。幸せをちゃんと幸せだと認識できている証拠だから。

自分をしっかり節制して、スタイル良くいる人もカッコいいけれど、「今日はダイエットやめやめ！」って好きな物をたんまり食べて自分をしっかり甘やかせる人も、またカッコいい。


私はあなたたちの甘やかし担当なので、これからも甘〜い囁きをしまくります。どうかそれを真っ向から受けとり、ぬくぬくと存分に幸せになってほしい。

いつか、実際に私が作ったご飯を食べてもらえたらいいなあ。私が作った物を食べてるみんなの顔を見ながら、色んなお話ししたり。

私は、次から次へとやりたい事が増えてくるタイプだから、その時はみんなも一緒に楽しんでくれたらいいな。

では、今日もみんなが美味しくご飯が食べられますように。

食は救済
EPISODE 4

作 ちゅちゅちゅ
漫画 23

うわ～
何にしよっかな
マジで腹減った
お前何にするよ
あっ
オレこれにするわ！
てかお前さ
連絡返せよ～～～～
注文していいー？
お姉さん
お姉さ～ん
MENU

チーズハンバーグです
うっわ
うまそ～
うんめ～
ヤベー
これ神すぎ
お前なんで
食わない
お前みたいな
ヤツでも…
ん？
何？
だから

何で…何で！
お前みたいなヤツが飯美味そうに食えんだよ
あの時だって
飯って
平和と幸せの象徴だろ？
昔の事
忘れたってわけ？

おー
オマエら
付き合ってんのかよ
うるさいよ!
オマエ女の友達
いねーのかよ
やめて
3人で幼稚園から
一緒なんだから
いいじゃん
…
もう
小学生ですー
オレが遊んで
やろっかー
しつこいっ
アンタなんて
嫌いっ!!

急ですが
高山さんが転校する事になりました
じゃ授業始めるぞー
ザワ
ザワ
やっと給食だわー腹減ったー
カレーうんめー
サイコー

お前みたいなヤツが
平気で飯
食えるなんて
おかしいだろ!!
おまっ
お前のせいで
チカちゃんは転校したんだよ!!
ちげーよ!!
あ、いや
ワリぃ…

ゴメンって
はいはい
あっ
ゆうたろう
驚かせようぜ
ヒソ
しー
ヒソ
ヒョコッ
はァ
ヒッ…
お、おい…
タタタタタッ

飯ってさ
誰にとっても平等に
美味いんだよ良くも悪くも
イジメっ子や
悪人でも飯が美味く感じるって
ムカつくよなあ
でもみんな、自分が誰かにとっての
ソッチ側になるなんて想像にもしねえだろ
飯はさ
誰にとっても
救済になりうるんだよ
もちろん
お前にとってもオレにとっても
多分
飯くらいさ

あとがき

イジメとかって本当に最低だと思う。本当に本当に最低だと思う。ニュースでイジメの事件を見たりして憤り、そんな時、イジメっ子もご飯食べながら「美味し～い♡　幸せ～♡」とか考えるんだろうか？　思ってほしくないな。そんなの真面目に良い人として生きてる人に不公平すぎる。と思った。それと同時に、私ももしかしたら誰かにとっての悪になった事があるかも。いや多分あるだろう。と怖くなった。今現在は？　大丈夫かな？　う～ん、みな平等にご飯は美味しくあるべきかな？

EPISODE 4

おわりに

「ご飯は、ひたすら幸せなものであってほしい」

私は常々そう思っている。

特別な日の特別なご飯がそうだという認識は今までもあって、旅行で行ったあそこのご飯美味しかったなとか、あの高い肉美味しかったなとか。

でも、この本を書こうと今までの食に関する事を思い出すと、意外と何でもない日の何でもないご飯ばかりだった。

何でもない日の何でもないご飯美味しかったな、とか、楽しかったな、とか。

「こんなの本に書いていいのだろうか……」とちょっぴり不安になったりしたけれど、みんなも私も毎日だいたい何でもない日を過ごし、何でもないご飯を食べて生きている。

食オタクとして1日たりとも無駄なご飯は食べたくない！　と発言した事もあるけれど、ちょっと思い直す。無駄なご飯というのはないな、と。例えば今現在、私はなぜか納豆ご飯にハマって週3、4回食べていて、なんとなく手抜きだなあと思ったりして、誰の何に対してかわからないが、ちょっとした罪悪感を感じたりしている。でも、この本を書いた今、多分この納豆フィーバー期間の事も、いずれ思い出すだろう。その時にきっと「あのご飯は無駄だったな」なんて思わない。「私サボりすぎだろ」とも思わない。「思い出すって事は幸せだったんだな」と思えるかな。

とんでもなく特別な事だけを幸せとは呼ばず、思い出になった事を幸せと呼べる私は、少し大人になったのかもとしみじみ。

綺麗事ではないけれど、この先もし超貧乏になって満足に好きなものを食べられない期間が来たとしても、なんとなく私なら大丈夫かもと思えたりした。それすら、未来の誰かに面白おかしく話せる気がする。

好きな人間としか付き合わず、好きなものを食べ、好きなものだけを吸収できる人間が私で、それこそ私の強みだと思えた。それができる私は、どんな状況になっても多分大丈夫。

みんなも、そうしたらいいのに。なんて無責任に思っています。

最初に言った、

「ご飯は、ひたすら幸せなものであってほしい」

あなたにもそうであってほしい。この本を読んで、いつか誰かと、または1人で、笑いながら、または泣きながら、いろんなご飯を思い出しながら、そう思ってもらえたなら、幸せです。

2024年11月吉日　ちゅちゅちゅ

装　画………………岡崎京子

装画に『チワワちゃん』の「チョコレートマーブルちゃん」の
扉絵を使用させていただきました。心より御礼申し上げます。

漫　画…………………23（Xアカウント：@23_watashi）
デザイン………………植草可純、前田歩来（APRON）
レシピ編集補助………深谷恵美
ＤＴＰ…………………山本秀一、山本深雪（G-clef）
校　正…………………鷗来堂
EPISODE3 取材協力..メリーエンジェル　埼玉県川口市八幡木2-20-14

さあ今日は何を作ろうかなって時に、私がまず考えるのが「それを食べる私は喜ぶか」と「それを作ったら楽しそうか」。要するにテンションがあがるかどうか。ビジュアルや味、材料含めその日その時にほしい物を作る。これって意外と心に良い。丁寧な生活って、オシャレだとかスタイリッシュだとかより、自分自身に手をかけ時間をかけ大切にする、そういう事だと思う。簡単すぎず、難しすぎず、だけど作ったら「自分って天才なんじゃ…!?」と承認欲求が爆上がりする、確実にテンションがあがるレシピばかり集めました。

巻末企画

お家で食べよ

レシピの見方

♠大さじ1は15㎖、小さじ1は5㎖、1カップは200㎖、1合は180㎖です。

♠バターは有塩を使用しています。

♠皮をむく、種やへた、石づきを取るなどの工程は省いています。

♠火加減は特に記載のない場合は中火です。

楽ちん甘辛ビビンバ

味は
想像できるのに、
つい
ウマッ
って声が出る

ここで宣言します。楽する事は悪、なんて時代はもう終わりました。
でも「お料理好きだから」とか「好きな人に喜んでもらいたいから」とか、そんな願いもばっちり叶えられる、丁寧に楽して美味しい、ワガママメリハリご飯！　これです！

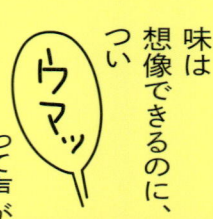

材料（2人分）

ひき肉…150g　ひき肉の種類はお好みで
野菜炒めパック…1袋　野菜炒めパックはめっちゃ楽。にんじん、ほうれん草、もやし、しめじなど
長ねぎ…1/2本　長ねぎは冷凍でもよし！
にんにく…1片
ご飯…茶碗2杯分
塩・胡椒…少々
豆板醤…小さじ1
★酒…大さじ1
★みりん…大さじ1
★砂糖…小さじ2
★しょうゆ…小さじ2
ごま油…適量
卵…2個

作り方

1 長ねぎは斜め薄切り、にんにくはみじん切りにする。
2 フライパンにごま油、ご飯の順に入れ、カリカリに焼き付ける。器に盛る。
3 **2**のフライパンにごま油を熱して野菜を炒め、塩・胡椒で味付けし、**2**のご飯にのせる。
4 **3**のフライパンにごま油、にんにく、長ねぎと豆板醤を入れて弱火にかけ、じっくり香りを出す。ひき肉を加え、色が変わるまで炒める。
5 ★を加え、軽く汁気が飛ぶまで炒める。**3**に盛り合わせ、お好みの卵を添える。

♥ 2はやらなくても美味しいけど、やったらもうそれは石焼きビビンバ。感動的な美味さです。
♥ 卵は温泉卵でも目玉焼きでも黄身だけでも！　写真のポーチドエッグは鍋で沸かした湯にお酢を入れ、箸でぐるぐる渦を作った真ん中に、卵をそっと割り入れる。周りを混ぜ続けたら綺麗にできる！

ご飯が進むエスニック風バジルチキン

家でエスニック風料理を作ると、マジで外食減ります

自炊大好きっ子あるあるだと思うのですが、外でご飯を食べようとする時「家で作れなそうなもの」を選びがちじゃないですか？
だから異国の料理を食べに行く事が多いのですが、これを家で作ってしまい正直「しまった……！」と思いました。
もちろんプロの料理は最高なのですが、外食に行く機会が減るのである意味注意。

材料（2人分）

鶏もも肉…1枚
パプリカ（赤・黄）…各1/2個
ミニトマト…6個　＝ミニトマトはお好みで増やしても！
しめじ…80ｇ
バジル…1パック（約20ｇ）
にんにく…1片
★ナンプラー…大さじ1
★レモン汁…小さじ2
★塩・胡椒…少々
卵…2個
ブラックペッパー…適量
ごま油…適量
ご飯…適量

作り方

1 鶏肉とパプリカは一口大に切る。にんにくはみじん切り、バジルの葉はちぎる（トッピング用に少し取り分けておく）。
2 フライパンにごま油とにんにくを入れて熱し、鶏肉を焼く。焼き色がついたらミニトマト、パプリカ、しめじを加えて炒め、★を加えて混ぜる。
3 バジルを加えて軽く混ぜる。
4 目玉焼きを作り、ブラックペッパーをかける。
5 器にご飯、**3**とともに盛り、取り分けたバジルをトッピングする。

無理矢理げんき飯

もうダメだって
時は迷わず
「肉」「にんにく」「炭水化物」!!!!!

これを食べて、それでもダメそうなら、無理にでも休みを取って2泊3日くらい、遠く離れた地の温泉宿で休んでください。それぐらいパワー強めの救済飯！　平日ににんにく食べたらダメなんて法律はありませんけど？　と開き直れるくらいには、心も元気になります！

材料(2人分)

牛こま切れ肉…150ｇ
ピーマン、パプリカ…各小2個
にんにく…大2片
ご飯…約300ｇ
塩・胡椒…適量
バター…20ｇ
オイスターソース…大さじ1
サラダ油…適量
ブラックペッパー…適量

バターを恐れないで!

作り方

1 ピーマンとパプリカは細切りにする。にんにく1片はみじん切りに、もう1片は薄切りにする。
2 フライパンにサラダ油を弱火で熱し、にんにくの薄切りを揚げ焼きにして取り出す。
3 2のフライパンにピーマンとパプリカを入れて炒め、軽く塩・胡椒をし、取り出す。

パプリカ、塩で炒めるだけで美味しい神野菜

4 3のフライパンに牛肉を入れて炒め、強めに塩・胡椒をし、取り出す。
5 4のフライパンにバター10ｇとにんにくのみじん切りを入れて熱し、ご飯を加えて炒め、オイスターソースを加えて混ぜる。
6 器にすべて盛り、バター10ｇをのせて、ブラックペッパーをかける。

旨み激強ねぎ塩だれ

全部の野菜、
くたくたになった
方が美味しいって
あまり大きな声で
言えない

世の中の風潮で「野菜には火を入れすぎない方が絶対に良し」的なのあるじゃないですか。野菜炒めにしろ、基本〝サッと〟推しみたいな。私、ほんとにほんとに、くたくたの野菜が好きです!!!!!!!

すみません!!!!!!

なので、私好みのくたくたねぎ塩だれ作ってみました。ねぎの辛みが苦手な人、是非！

材料(たっぷり2・5人分)

長ねぎ…1と1/2本
赤唐辛子（輪切り）…適量
にんにく…1片
★酒…大さじ1
★みりん…大さじ1
★白だし…小さじ1
★塩…小さじ1/3
白いりごま…ひとつまみ
ごま油…大さじ1

作り方

1 長ねぎ、にんにくはみじん切りにする。
2 フライパンにごま油とにんにく、赤唐辛子を入れて熱し、長ねぎを炒める。
3 ★を加え、軽く汁気が飛んだら、白ごまを加える。

♥タン塩などの肉にも合うし、ご飯に卵とねぎ塩だれと韓国海苔をのせた卵かけご飯もめちゃくちゃ美味しいです！

大根と豚ばらの和風だしカレー

声を大にして言いたい。

カレーに大根は合う!!!!!

昔、お母さんが「美味しいらしい」と言って大根の入ったカレーを作ってくれた。我が家はお母さんが作ったものに対して何らかの文句を言う事は大罪であったため、「(いらん事せんでいいのに……)」と固唾を呑んだ。食べた。めちゃくちゃ美味しいんだもん。ビックリ。

材料（2人分）

豚ばら薄切り肉…100ｇ
大根…1/4本
長ねぎ…1本
水…2カップ
だしパック…2個
カレー粉…大さじ2
しょうゆ…大さじ1
ごま油…適量
水溶き片栗粉（合わせておく）
　片栗粉…大さじ1
　水…大さじ1
ご飯…適量

だし濃いめ!!!
だしなんて効いてりゃ
効いてるほど美味しい
ですから

作り方

1 豚肉は一口大に切り、大根は小さめの角切り、長ねぎは斜めに薄切りにする。
2 鍋に水とだしパックを入れて沸かし、だし汁を作っておく。
3 フライパンにごま油を熱し、大根を焼く。全体に焼き色がついたら、豚肉と長ねぎを加えて炒める。

この一手間で香ばしく
美味しくなる

4 **2**のだし汁を加えてふたをし、大根が軟らかくなるまで煮る。
5 カレー粉、しょうゆを加えて混ぜ、水溶き片栗粉でとろみをつける。
6 器にご飯とともに盛る。

くたくたブロッコリーパスタ

材料は少ないのに
色鮮やかで海外風の
オシャレ飯

オシャレご飯だけどちゃんと美味しい！　それから、ただのヘルシーでは終わらない女ちゅちゅちゅちゅ。ちゃーんと満足度増し増しにしてあります！色も綺麗で、写真を撮りたくなる可愛さ。愛おしいね、自炊って。

材料（2人分）

ブロッコリー…1房
ベーコン…100g
パスタ…200g
塩（パスタ用）…適量
牛乳…1カップ
★顆粒コンソメ…小さじ1
★塩・胡椒…少々
★粉チーズ…適量
オリーブオイル…適量
ブラックペッパー…適量
粉チーズ（仕上げ用）…適量

作り方

1 ブロッコリーは軟らかくなるまで茹でてから、みじん切りにする。塩を入れた湯でパスタを茹で始める。

2 ベーコンは細切りにし、オリーブオイルでカリカリになるまで炒め、取り出しておく。

3 **2**のフライパンにブロッコリーを入れ、軽く炒める（油分が足りなかったらオリーブオイルを足してから）。

4 牛乳を加え、ふつふつと煮立ってきたら、★を加える。

5 **4**にとろみがついてきたら、パスタと茹で汁お玉1杯分を加えて馴染ませる。

6 器に盛り、ベーコンをのせ、ブラックペッパーと粉チーズをふりかけて完成。

♥ブロッコリーのみじん切りはなるべく細かく。冷凍ブロッコリーを使ってもよし！　その場合はみじん切りにしなくてもOK。

♥ソースの粉チーズは好きなだけ！　いっっっっっぱい入れた方が美味しい！当然！　我を忘れて入れよう！

丸ごとドカーン鮭パスタ

〝目からカロリーが摂れる〟
と言わしめる!?
これぞちゅちゅちゅ料理

本質について考えてみたんですね。具がゴロゴロ入った料理は美味しいじゃないですか。でも人それぞれ、何をもってゴロゴロというか違うと思うんです。じゃあお好きな〝ゴロゴロ〟でどうぞ、というわけで自分の好きな大きさにほぐせるよう、丸ごとのせました！　あとはあなたのお好きなように。

材料（2人分）

鮭の切り身（ソテー用）…2切れ
ミニトマト…8個
玉ねぎ…1/2個
小ねぎ…適量
にんにく…1片
パスタ…200ｇ
塩（パスタ用）…適量
塩・胡椒…適量
小麦粉…大さじ2
パルミジャーノチーズ（すりおろし）…適量
塩…2つまみ
ブラックペッパー…適量
バター…10ｇ
オリーブオイル…適量

作り方

1 玉ねぎ、にんにくはみじん切り、小ねぎは小口切りにする。塩を入れた湯でパスタを茹で始める。
2 鮭は塩・胡椒をし、小麦粉とパルミジャーノチーズをまぶす。フライパンにバターを溶かし、こんがり焼いて、取り出す。
3 洗ったフライパンに多めのオリーブオイルと、にんにくを入れて熱し、香りが出たら玉ねぎ、ミニトマトをしんなりするまで炒めて、塩、ブラックペッパーで味付けする。
4 パスタの茹で汁お玉1杯分を加えて馴染ませ、パスタを加えて混ぜる。
5 器に盛って鮭をドーンとのせ、小ねぎとパルミジャーノチーズをかける。

♥パルミジャーノチーズは好きなだけ。粉チーズでも可。
♥茹で汁を入れたらとろんと乳化するまで馴染ませよう。

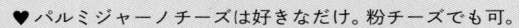

きのことベーコン爆入れ和風パスタ

適量？
そんなもんはない！
美味しいものは
いっぱい入れるべき！

「いっぱい入れりゃあ良いってもんじゃない」?・?・?
調味料はもちろんそうかも、だけど具材なんていっぱい入ってりゃ入ってるだけ幸せに決まってるんですよ！
美味しく作るコツは、いやほんまに？　って量のきのこを入れるのを躊躇しない事です。

材料（2人分）

マッシュルーム…6個
しめじ…80ｇ
エリンギ…2個
ベーコン…80ｇ
小ねぎ…適量
パスタ…200ｇ
塩（パスタ用）…適量
★みりん…大さじ1
★顆粒だし…小さじ2
★しょうゆ…小さじ1
ごま油…適量
海苔フレーク…ひとつまみ
削り節…ひとつまみ

きのこもベーコンも
絶対たっっっぷりね!!!!

作り方

1 きのこ類は食べやすい大きさに切る。ベーコンは細切り、小ねぎは小口切りにする。塩を入れた湯でパスタを茹で始める。

2 フライパンにごま油を熱してベーコンを炒め、きのこ類を加えてさらに炒める。

3 ★を加えて混ぜ、パスタの茹で汁大さじ2杯分を加えて、馴染んだらパスタも加えて混ぜる。

4 器に盛り、小ねぎ、海苔フレーク、削り節をのせる。

トッピングも盛り盛りが
美味しいよ〜ん

魚介×トマト×生クリーム＝はい、美味いパスタ

料理上手への道は、場数を踏んで「こんなん絶対美味しいやん」の組み合わせをたくさん知る事かも

「パスタのバリエーションすごい」と褒めてもらえる事が多いけど、実は微妙に食材変えたり組み合わせ変えたりして、さも「コレは新しいレシピです！」ジャジャーンと大袈裟に出しているだけです。料理は総合芸術なので、ここまでが〝味〟でしょ。知らんけど。美味けりゃ良いじゃん♡

材料（2人分）

魚介ミックス（冷凍）…100〜150ｇ
玉ねぎ…1/2個
パセリの葉…2本分
パスタ…200ｇ
塩（パスタ用）…適量
白ワイン…大さじ2
トマトペースト…大さじ2
生クリーム…1/2カップ
塩…ひとつまみ
ブラックペッパー…適量
バター…10ｇ

魚介ミックスは、えび、あさり、ホタテなど

白ワインほんまになんでもいい!!

作り方

1 魚介ミックスは水につけて解凍する。玉ねぎは薄切り、パセリはみじん切りにする。（トッピング用に適量取り分けておく）塩を入れた湯でパスタを茹で始める。
2 フライパンにバターを溶かし、玉ねぎを炒める。
3 玉ねぎがしんなりしたら、魚介ミックスを加えて炒め、白ワインを加える。
4 トマトペーストと生クリーム、パセリを加えて混ぜ合わせ、塩とブラックペッパーで味を調える。
5 パスタを加えて混ぜる。
6 器に盛り、取り分けたパセリを散らす。

パセリ散らしといたら盛り付けなんとかなります

バタぽんで和風大葉ジェノベーゼ♡

恋愛に
好きだけど嫌いが
混同するように、
料理にも
さっぱりとこってりが
混同できる!

恋愛って、「素晴らしい人♡」って期待ばかりでも良くないし、「付き合ったら好きになるかも……」はほぼありえない。料理も、さっぱりだけだと物足りないし、こってりだけでは飽きてしまう。嫌なところもあるけれどそれを覆せるほど好きなところがある! これ最強の沼比率! それを具現化したようなパスタです。(違うかも)

材料（2人分）

大葉…10枚
玉ねぎ…1/2個
にんにく…1片
ベーコン…80ｇ
パスタ…200ｇ
塩（パスタ用）…適量
★ポン酢しょうゆ…大さじ1と1/2
★オリーブオイル…大さじ1
パルミジャーノチーズ（すりおろし）…10ｇ
バター…20ｇ

こんな事言ったらなんだけど、
大葉も玉ねぎもにんにくも
バターもベーコンもチーズも、
好きなだけ入れて！
美味しいから！

作り方

1 大葉、にんにくはみじん切り、玉ねぎは薄切り、ベーコンは細切りにする。

2 大葉は★と混ぜ合わせる。塩を入れた湯でパスタを茹で始める。

3 フライパンにバター10ｇを溶かし、にんにく、玉ねぎ、ベーコンを炒める。

4 パスタの茹で汁お玉1杯分とバター10ｇ、**2**の大葉を加え、馴染んだらパスタを加えて混ぜる。

5 器に盛り、パルミジャーノチーズをふりかける。

♥余裕があれば、ベーコンは別で炒めてカリカリにして後から合流させるのもあり。

♥パルミジャーノチーズは粉チーズでもOK。

幸《しあわ》せな方《ほう》を選《えら》んだら美《お》味《い》しかった

2024年12月11日　初版発行

著　ちゅちゅちゅ

発行者　山下 直久

発　行　株式会社KADOKAWA

〒102-8177　東京都千代田区富士見2-13-3

電話　0570-002-301（ナビダイヤル）

印刷所　大日本印刷株式会社

製本所　大日本印刷株式会社

○お問い合わせ
https://www.kadokawa.co.jp/（「お問い合わせ」へお進みください）
※内容によっては、お答えできない場合があります。
※サポートは日本国内のみとさせていただきます。
※Japanese text only
定価はカバーに表示してあります。

ISBN 978-4-04-606967-2　C0095